Principi d'incertesa

DISTORSIONS

núm.20

Martí Sales

PRINCIPI D'INCERTESA

Ed. Males Herbes
2015

Primera edició: març 2015

Guilleries, 26, 1,2,
08012, Barcelona
www.editorialmalesherbes.com

ISBN: 978-84-943108-1-2
DIPÒSIT LEGAL: B 3007-2015

IMPRESSIÓ: Book Print Digital, SA

Maquetació i disseny de portada: Eduard Vila / www.eduvila.com
Correcció: Cristina Carbonell

1-2-3
1-2-3
Ow! Uh! Alright! Uh!

Got to know how to pony
Like Bony Maronie
Mash potato, do the alligator
Put your hand on your hips, yeah
Let your backbone slip
Do the Watusi
Like my little Lucy
Hey! Uh!

Na na-na-na-na na-na-na-na-na-na-na-
na-na-na na-na-na-na
I need somebody to help me say it
one time
(Na na-na-na-na na-na-na-na-na-na-
na-na-na-na na-na-na-na)
Wo-ow!

Wilson Pickett
Land of thousand dances

en memòria de Francisco Casavella

Un exemple
(Sobre la teoria del caos)

Samuel Beckett, llarg i prim i amb aquests ulls que miren tan enllà, jeu convalescent d'una ferida greu en un hospital de París. Té trenta-dos anys i encara no ha escrit cap de les seves obres importants. Passejava pel carrer quan un macarró li va oferir les seves noies; ell refusa i tot seguit és apunyalat. Durant el temps que passa recuperant-se a l'hospital, en Samuel coneix la seva futura dona, Suzanne Déchevaux-Dumesnil, amiga de qui li paga les factures, James Joyce. Es tanca una porta i s'obre una finestra. En el judici posterior en Samuel pregunta al macarró (que, curiosament, es diu Prudent), per què ho va fer i ell li respon: «*Je ne sais pas, monsieur. Je m'excuse*». En Samuel troba que en Prudent és agradable i educat, i decideix retirar els càrrecs. Quasi deu anys després, el 1947, a Nova York, Jackson Pollock pinta el quadre *Full Fathom Five*, que ara està penjat al MoMA. Aquell any és un bon any per a la literatura catalana: una colla d'escriptors hi neixen, entre ells, el pare d'un noi que, seixanta anys més tard, es passeja per les sales del MoMA. El quadre de Pollock el captiva i s'està una bona estona contemplant-lo. Més tard, fora del blanc i de les explosions, mort de gana, endrapa un *hot dog* fastigós just al davant d'un restaurant que fa patxoca, el Red Spot (*Best steaks in town!*), on hi ha un equip de la televisió que entrevista el *maître* —Gordon Smith brodat a la butxaca de l'americana—. Després de parlar de carns i salses secretes, en Gordon, amb la càmera al davant, en directe, aprofita per saludar la seva cosina Inés, que se'n va anar a viure a Mallorca fa tretze anys; ell la va visitar aquest estiu passat, dues setmanes esplèndides, diu, precisament l'estiu que m'hauria agradat compondre la cançó *Looking for a kiss, a fix and a kiss*, pensa un que fa zàping per internet, mentre es prepara un pico i parla sol, «perquè em punxo, sí senyor, em foto cavall, xutes, fumo en plata perquè em dóna la puta gana, perquè és el que més gust em dóna, *vale*, i tampoc n'hi ha per fer tants escarafalls, de fet, ningú no se'n va adonar quan, el dia de la meva boda, just abans del gran moment, em vaig escapar al lavabo a fotre'm el darrer *rallaco* per baixar-me la tensió. La boda ens havia costat un ull de la cara; el meu cosí, que viu a Dubai i té una multinacional de sucs de fruita, ens va deixar 50.000 € per poder pagar-la. Ara sóc a Istanbul treballant per a ell, i ahir a la nit, a l'autobús, vaig coincidir amb un català, en Ricard, que resulta que havia estat nòvio de la meva germana quan tenien quinze anys». A l'institut Montserrat, recorda, hi havia dues faccions: els que llegien Saramago i els encantava el coriandre i els que escoltaven Belle and Sebastian i endrapaven croissants de tofu per esmorzar. Els campionats de futbolí es regien per aquesta divisió, que té l'origen en una tradició índia que va importar la directora, que, com tota bona hippie hi havia viatjat a finals dels setanta. Charles Bronson, a la mateixa època, acabava de comprar-se un nou banyador en una tenda de Venice Beach i aprofitava que la seva dona havia marxat amb els fills a veure la sogra per banyar-se a la piscina i fotre's de daiquiris fins al cul. A les quatre de la tarda estava tan borratxo que no va sentir com trucava el carter per entregar-li un paquet que li enviava, com a mostra de regal, una empresa d'alt càtering. El carter va haver de tornar-lo a la seu del districte i el paquet va quedar arraconat al magatzem. Al cap de dues setmanes el contingut de la mostra —gambes amb una gustosíssima salsa de color gos com fuig i cuscús encapsulat en tomàquets xerri— ja s'havia podrit i suquejava. L'olor va atreure els gats del veïnat, i un d'ells, un siamès preciós de casa bona que de nits s'escapava a fer el gamberro pels carrers, va menjar-se les gambes i la mateixa nit, al cap d'unes hores, va morir damunt la catifeta de casa seva. El crit que va fer la pobra Christie (nena d'onze anys, pèl-roja, samarreta del Michael Jackson i problemes amb la erra) en trobar-se, camí de l'escola, el cadàver felí, era una octava per sobre del crit que va fer la meva tia als setze anys quan la va desvirgar el seu nòvio de llavors, en Josep Maria, ja conegut i acceptat per la família. El dolor no va deixar pas al plaer, i la meva tia va arrencar a plorar mentre l'altre es corria de gust. Anys més tard, en Josep Maria s'havia instal·lat a Nova York i embafat de tant d'asfalt va començar una col·lecció d'aquelles dels quioscos, *Com fer-se un hort al terrat de casa*, per distreure's els caps de setmana. Les albergínies foren el que millor li va sortir, i per fer combregar passions, la seva —el cultiu— i la de la seva dona —que ja no era la meva tia; la cuina—, van decidir organitzar una vetllada gastronòmica. La Isabella va trucar a la seva mare a Nàpols i va fer un plat exquisit. Va ser arran d'aquell gran sopar que els Pérez-Bordiu, un matrimoni de periodistes espanyols establerts a Manhattan des dels vuitanta, van decidir quedar amb en Josep Maria i la Isabella més sovint, i al cap de quinze dies els van convidar a casa seva. En aquella segona trobada, després de les postres i les ampolles buidades, en Ricardo va proposar als convidats fer un intercanvi de parelles. A la Isabella li va semblar prou bé, però no es podia treure del cap aquella picor que tenia al cony des que havia començat a llegir *El tercer policia*, de Flann O'Brien. Això la va distreure i els altres van començar el joc sense ella. Quan en Ricardo ja li estava menjant el cul a en Josep Maria i l'Eva, la seva dona, li estirava la pell del prepuci com un xiclet fins a la ratlla del dolor, la Isabella va voler dir-hi la seva i va pensar que seria divertit si es treia les calces mullades i les entaforava a la boca del Ricardo. Els amfitrions no havien pensat a abaixar les persianes —o potser els excitava més ser vistos— i just a l'edifici de davant en Rummy estava flipant. Fins i tot havia apagat els llums i la *playstation* i estava trucant al seu millor amic, en Leo, per explicar-li el que estava veient, però en Leo no responia perquè l'havia atropellat un camió quan tornava cap a casa de classe de trombó. El mòbil vibrava als seus pantalons ensangonats mentre el metge d'urgència de l'ambulància intentava estabilitzar-lo i li punxava el sèrum. Durant els següents mesos de recuperació, en Leo va tenir molt temps lliure i, a partir de la tercera setmana, va dedicar-lo gairebé tot als mots encreuats. El primer el va fer així com per avorriment, després de fullejar una d'aquestes revistotes del cor que llegia sa mare. A poc a poc s'hi va anar aficionant, i el seu avi, que en sabia un munt, li'n va ensenyar els rudiments. Per al Leo era un mitjà perfecte per distreure's i aprendre a la vegada. Com que l'únic que en sabia era l'avi Francis, lampista jubilat i humanista de vocació, les seves visites van començar a ser més i més freqüents, tot i que mai s'havien fet gaire, avi i nét. A mesura que passaven les setmanes, l'avi anava agafant confiança i al final va optar per explicar-li tots els secrets familiars, aquells que l'esgarrifaven i el cremaven per dins perquè no havia estat capaç d'explicar-los a ningú. Al final de la primera confessió, en Leo es va col·lapsar i va entrar en coma. L'avi Francis, devastat, es va fotre un pot sencer de calmants i va morir l'endemà, entre vòmits, al seu llit de vidu. Per entrar a casa seva, que ja pudia, van haver de tirar la porta a terra, amb tanta mala sort que als de baix, del sotrac, se'ls va esberlar una part del bufet, un bufet antic heretat de la besàvia, enorme, massís, de fusta fosca, amb relleus, calaixos i portes de vidre. El trencament va deixar a la vista un doble fons de la paret. Dins hi havia un saquet de vellut recobert per una esplèndida civilització d'àcars i un plec de papers. Al saquet, una vella dentadura postissa, repugnant, i un parell de claus. Els papers eren un contracte de propietat d'una casa a Hudson (EUA). Hudson és una ciutat petita i pobra a un parell d'hores de Nova York, a la riba del riu homònim. Feia poc que havien decidit construir-hi una presó i els habitants, revoltats, s'hi manifestaven en contra. En una de les pancartes més grans s'hi podia llegir aquest lema: «*If they don't want it in NYC, nor do we*». La noia que l'havia pintat encara duia les mans brutes de negre i les ensenyava amb orgull, assenyalant la pancarta. Les seves amigues se la miraven amb distància i l'amor de sempre, era la rareta del grup, l'estimaven perquè era carismàtica, amb les seves trenes llampants i les seves samarretes provocatives. Es deia Brunilda, perquè aquest és el nom de la nana d'un dels llibres que vaig llegir de petit, a la casa de Can Rimbles, en aquells llargs estius de matins a la piscina i tardes tristes a l'era. Encara recordo amb angúnia el vespre que, aprenent a anar amb bici amb el meu germà David, se'm va ficar el peu entre els radis de la bicicleta i se'm va torçar com si fos de goma. La meva mare era lluny, en una fira de llibres infantils a Bolonya o Bratislava. Aquell vespre vaig veure, amb el turmell palpitant i embenat, el meu primer *Telediario*. Parlaven de la crisi de les Maldives i el presentador duia el perruquí una mica mogut. Al final de l'informatiu l'Ángeles, la seva companya de taula, li ho va fer notar tot rient entre dents. Vermell com un pebrot, en Felipe va anar a mirar-se al mirall de les maquilladores i en va sortir fet una fúria, escridassant a tothom «què us penseu, m'ho hauríeu d'haver dit abans, la feina s'ha de fer ben feta, això no quedarà així». A París, al Barbés, hi ha tendes de perruques amb milers i milers de mostres de totes les mides, estils i colors. No tinc ni un duro i si em tallés la llarga cabellera que duc des de fa deu anys, me'n darien un bon pessic i així em podria pagar la festa que penso fer per celebrar els meus vint-i-cinc *tacos*, en tindria per a unes trenta pastilles i uns tres o quatre gramets, pensa en Jesús. No estaria malament. És aquest dissabte, hem de decidir on, perquè som uns quants que fem anys el mateix dia: la Pati, l'Anna, l'altre Roger —que també l'incloem encara que sigui una setmana més jove— i jo.

L'any passat, *cegos* per les Rambles, vam trobar una caixa de tomàquets sobrers de la Boqueria i ens vam dedicar a empastifar tots els italians que se'ns van posar al davant. Vam acabar a hòsties, és clar; tots menys en Pol, que no sé com s'ho fa perquè la lia més que ningú, però al final mai no el peguen, fins i tot es fa amic dels altres, és increïble. Quan era marrec vivia a pagès, prop de Banyoles, on el seu pare tenia una granja de conills. Potser van ser ells els que, en recompensa pel fet de tractar-los sempre tan bé i xerrar amb ells als vespres, li van explicar el secret de l'amistat. Un parell de comarques més avall, cada dia cap a les dues, havent dinat, el senyor Joan, el masover, fa la migdiada panxa enlaire en un banc de fusta més dur que una pedra. Al pit, la ràdio encesa no acaba de tapar-li els roncs que ens animen l'aperitiu, justament quan la meva àvia sempre ens diu que una mica més i no hi som. Sorpresos, sempre li preguntem per què i ella ens explica com una nit, en un sopar de promesos amb el meu avi, va estar a punt de morir ennuegada amb un os de pollastre. És potser a partir d'aquesta anècdota que vaig començar a tenir pànic a una mort ridícula. Relliscar a la dutxa amb el sabó, un test al cap, una al·lèrgia sobtada i mortal, com aquell darrer petó que li va fer una noieta de Texas al seu nòvio granellut, que havia estat menjant un entrepà de mantega de cacauet, i només amb un bocí així de petit ja va morir en pocs segons. El meu pànic a una mort ridícula és molt altruista, penso en els meus familiars havent de conviure amb el dolor i la vergonya d'explicar que el seu fill s'ha ofegat amb un grumoll de *cola-cao* o que s'ha matat ensopegant amb l'últim número de l'*Interviú*, el cap obert contra el cantell de la tauleta baixa de davant la tele. Hi ha una portada d'un disc de The Jesus and Mary Chain que és una col·lecció de taüts petits, infantils, i una colla d'adolescents obscurs van introduir-se en la seva música precisament per la portada. La Maria tenia un cartell de David Bowie que també era motiu de discussió cada cop que la seva mare entrava a la seva habitació. Una nit, la Maria, plorant després de la bronca definitiva —o el despenges tu o l'estripo jo— va decidir fotre el camp. A l'Estació del Nord va agafar un autobús fins a Perpinyà, on tenia una amiga que vivia en una ocupa. Era un antic edifici de l'Ajuntament que ja no feien servir i que l'alcalde, un 68ard, els cedia gentilment fins a nova ordre. La nit que va arribar la Maria feien una festa en honor d'en Jean-Sol (un dels principals actius de la casa, que es canviava el nom cada dos per tres i que últimament es feia dir com un dels protagonistes de *L'écume des jours* de Boris Vian) que va durar setanta-dues hores, tothom completament passat. En Jean-Sol ho recordaria, anys després, des d'una presó als Estats Units, tot escrivint el seu primer llibre, autobiogràfic, com la majoria dels primers llibres. L'editor francès estava molt interessat en tot el material que hi sortiria perquè volia que a la seva editorial hi hagués noves veus joves que parlessin del món actual, amb una mirada fresca, desacomplexada. Les drogues, la llibertat sexual, el rock-and-roll, els *gangs*. També estava molt interessat en en Jean-Sol, concretament, perquè era un noi preciós. L'editor duia una doble vida trista i frustrant. Solia freqüentar saunes i parcs públics al capvespre, i tornava a casa seva —dona i fills, de manual— amb un sentiment de culpa que quasi no passava per la porta. La seva dona era extremament feliç perquè l'editorial del seu marit era molt prestigiosa, en general tot li anava molt bé i a certa edat tampoc tens tantes ganes de follar. A la fira de Frankfurt un col·lega seu volia vendre-li la història d'una noia desapareguda feia cinc mesos en estranyes circumstàncies. Era la Su, la dona xinesa d'en Leo, l'expert en mots encreuats més famós dels últims anys. S'havien conegut en un torneig de mots encreuats a Pequín, i després de sortir junts durant un any —molts diners i hores gastades en aeroports— s'havien casat i havien tingut un fill. A l'hospital no havien deixat entrar en Leo durant tot el dia, i a la nit, quan ja no podia aguantar més, va anar cap a l'habitació de la seva dona i no hi era. No hi era, no hi era, no hi era, no hi era. Va buscar per totes les plantes, va entrar a totes les habitacions i quiròfans, va obrir cada armariet, va recórrer el soterrani i el terrat i tots els balcons i sortides d'emergència, fins i tot va entrar a les ambulàncies aparcades. El prenien per boig perquè no el recordava ningú i a la recepció no hi constava l'ingrés de la seva dona. Al cap d'una hora de crits i desesperació, va aparèixer el paper, que havia caigut entre la taula i la paret de la secretària que els havia atès a primera hora del dia i que feia estona que havia acabat el torn. Amb el document a la mà va anar a veure la policia i va començar la recerca. L'ajuda del govern nord-americà i del xinès —en Leo era molt conegut i la fama el va ajudar— va ser vital per omplir de fotos de la seva dona tots els racons de la contrada. Mai no la va trobar i va viure turmentat la resta de la seva vida, retirat en un barri poc transitat de Barcelona, el Carmel, on ningú en sabia res, fins que, molts anys després, van obrir una botiga de tot a un euro al costat de casa seva i la dependenta li va recordar vagament la seva dona. A partir de llavors va buscar qualsevol excusa per baixar-hi a comprar i observar-la amb deteniment i discreció. No sortia del dubte —totes les xineses li semblaven iguals— i no s'atrevia a preguntar-li res. Amb el temps la seva relació va superar la cordialitat, i tot i que mai no hi va haver sexe, la xinesa, Li-Pai, va acabar vivint amb ell i cuidant-lo i estimant-lo fins a la mort. Ell mai no li va explicar la història de la seva primera dona. La Li-Pai tampoc no li va explicar mai, perquè li feia molta vergonya, que havia tingut un marit i dos fills però havien mort electrocutats a la banyera quan a ella li va caure el *Simon Says* a l'aigua. L'inventor d'aquell joc era un home d'uns seixanta anys, Ralph H. Baer, traumatitzat per una precoç mala salut dental, que havia fet gran fortuna amb la patent del *Simon Says* (US Patent 420787). El va presentar l'any 1978 a la discoteca de moda, Studio 54, i l'èxit va ser immediat. El Ralph va morir d'un atac de cor deu anys després, sense haver mai llegat. Els mobles de la seva mansió, segons una llei de l'estat, van ser recol·locats en habitatges de protecció oficial, en un dels quals va anar a petar la Daisy, mare soltera, amb l'Andrew, el seu fill de set anys. Feia quinze dies que s'havien instal·lat al nou bloc quan, un vespre, tornant de recollir el fill a l'escola, es van trobar el pis tot cap per avall, com si hi hagués hagut un terratrèmol. En un doble fons de l'armari desgavellat on guardaven la roba de tots dos i que ocupava més de mig menjador —una mola fosca que feia por al nen— van trobar unes dents d'ivori gastades i uns documents esgrogueïts. Els documents els van fer instantàniament propietaris d'un dels terrenys més grans que hi ha actualment a la riba del riu Hudson, al nord de l'estat de Nova York. S'hi van traslladar immediatament, van vendre part dels terrenys per tenir diners i van començar a viure com a persones decents. Mentre l'Andrew anava a un col·legi privat de la zona, la Daisy estudiava per ser treballadora social. Les pràctiques les va fer a la presó del comtat, on va conèixer un dels convictes, un francès de trenta pocs anys que complia condemna per tràfic de drogues i es feia dir Ignatius. Tothom li tenia molt de respecte perquè, tot i estar tancat, havia publicat un llibre sobre els seus anys de disbauxa juvenil. La Daisy va esperar pacientment que sortís per demanar-li que anés a viure amb ella. L'Ignatius no podia refusar una oferta com aquella: de la cangrí a la mansió més meravellosa que mai havia vist, qui diria que no. Amb tot, el seu cor encara pertanyia a una noia catalana que havia estimat fugaçment abans que l'empresonessin, una penjada com les de llavors; com ell. No l'havia tornada a veure i, no obstant, o potser precisament per això, el seu record li havia quedat incrustat al cervell. Es deia com la protagonista de West Side Story, i ell li cantava, per fer broma, la seva cançó, i es feia passar pel guapo de torn, en Toni. De totes maneres, l'Ignatius va esborrar el passat i se'n va anar a viure amb la Daisy i l'Andrew. Al principi va ser difícil, però de mica en mica s'hi va acostumar. Poder dedicar-se plenament a l'escriptura era tot el que sempre havia volgut. Va anar passant el temps, l'Andrew creixia i l'Ignatius se l'estimava molt, quasi més que a la Daisy. L'estiu que l'Andrew va fer divuit anys van passar tots tres les vacances a Barcelona. L'Ignatius esperava retrobar la seva estimada de la joventut, i això el trastornava. La veia per tot, envellida però igual, un amor possible. Una nit que la Daisy no es trobava gaire bé l'Ignatius i l'Andrew se'n van anar de festa. Van agafar un bon pet a base de birra i gintònics i, arribat un punt de la nit, l'Ignatius va desaparèixer. L'Andrew, que, de fet, tenia moltes ganes de sortir sol per l'ambient de Barcelona, va decidir ficar-se en un bar que havia conegut per internet, el New Chaps. Allí va demanar una *coca-cola* i a la mateixa barra va començar a xerrar amb un home molt atractiu i simpàtic, en Jean-Pierre, divorciat, editor. Un parell d'hores després ja estaven morrejant-se i magrejant-se, ben trempats tots dos. Agafats de la mà pel carrer van decidir anar a cal Jean-Pierre, que estava força a prop. L'endemà l'Ignatius no havia aparegut a l'hotel, ni va aparèixer mai més: havia deixat una nota a la recepció dient a la Daisy que no el busqués. Devastada, va tornar a Hudson amb l'Andrew (que secretament desitjava trobar qualsevol excusa per tornar a Barcelona i seguir el seu idil·li amb en Jean-Pierre). La mansió li queia a sobre i va decidir convertir-la en una residència per a escriptors, en memòria de l'Ignatius —no gaire al fons la Daisy sempre havia sabut que l'Ignatius no l'estimava, es deixava estimar, ancorat en un lloc que ella desconeixia—. La propietat, immensa, era ideal: aïllada, grans extensions de prats, llacs i rierols amb cérvols, esquirols, castors i ocells vermells com un trau; i al cap de poc es va fer famosa arreu del món i hi anaven a passar temporades escriptors de tots els països. Un diumenge a la tarda un d'aquests escriptors que hi havia estat va anar a prendre una copa en un bar de la Diagonal i es va trobar un jove amb qui de seguida van fer amistat. El jove, que començava a escriure, estava molt interessat a anar-se'n fora a començar un llibre, «lluny trobaré la tranquil·litat necessària per escriure», deia. L'escriptor gran li va passar el contacte i li va fer una carta de recomanació. Contra tot pronòstic el van agafar per passar-hi sis setmanes. La residència es diu Ledig House, és només a dues hores de Nova York, i aquí, el jove, jo, xafardejant per les golfes de la casa, he trobat un *Simon Says* i l'he dut al sopar per ensenyar-lo als altres escriptors que estan comentant la notícia del dia: un centre de recerca nuclear de Hawaii acaba d'advertir als constructors del nou accelerador de partícules de Ginebra que si el comencen a fer servir tal com està hi ha la possibilitat que generi un forat negre que engoleixi la Terra en menys de tres segons. Jo m'hi afegeixo i els comento, alliçonat pels meus amics físics, que l'objectiu de l'acceleració i posterior col·lisió de partícules és respondre a un munt d'interrogants de la física moderna, entre els quals, el salt quàntic, que permet a certes partícules subatòmiques desaparèixer i tornar a aparèixer sense deixar rastre en l'espai-temps, o l'efecte papallona i la teoria del caos, que interrelaciona tots els fenòmens de la realitat i reformula els conceptes de causalitat i casualitat. Em diuen «posa'ns un exemple de tot això», i penso «escriuré un text sobre els imponderables del ball quàntic que fa que el món giri i giri». Vaig néixer al carrer de l'Or, a Gràcia, a prop de l'epicentre de l'Univers, la plaça del Raspall, i visc a prop de la Casa de les Punxes. Mai no he estat al Red Spot perquè no existeix; m'agraden molt els New York Dolls i Samuel Beckett; en Charles Bronson el trobo molt graciós. Els diumenges al vespre sovintejo un bar al número 365 de la Diagonal. Tinc un cosí que és a l'Índia, un ex em va parlar fa poc de Dubai (on va fer port amb la seva fragata) i l'amic Gerard viu a la Xina amb la seva dona, la Su, i tenen un fill que es diu X. A la meva habitació de la Ledig House (Retreat for Writers), on escric tot això, no hi tinc penjat cap quadre d'en Pollock: ja m'agradaria.

Quaranta dies en un accelerador de partícules

1. Protocols

Travesso successives sales de descompressió i desinfecció, traspasso les diverses barreres i controls que protegeixen el lloc prohibit. Em donen mascareta i guants de làtex, un bisturí i una píndola d'arsènic. Jo ja duc pistola, fonendo i llapis. Comencen les primeres mesures. Velocitat, impacte, observació: sang i fetge per l'escletxa del melic. La melodia és la de *Superagent 86*. A la primera sala m'acomiado del nòvio. Ell em demana un petó de pel·lícula i jo, no sé per què, li dic que no, no, a la tornada. Penediment immediat atenuat pel tràveling paral·lel i recíproc de petons llançats des de banda i banda del control esquivant els policies: que difícil equilibrar amor i cursileria. A la segona sala abandono el mòbil. Acostumat a la comunicació instantània ara em sento secret, quasi espia i aquest clic em permet començar el procés. Les hores d'espera i de trasllat constant, l'ambient impersonal però atrafegat dels aeroports em destensa el cervell i de mica en mica passa d'estar sobreestimulat a notar com s'activen els mecanismes de la concentració. Ja no escric menjant-me les lletres. Estic en trànsit, d'ací a allà. L'important és deixar l'ací enrere, sortir de l'extremament nociva contaminació del propi hàbitat.

*

El verí que no mata és el que te'n fa addicte —*lo que no mata engorda*—. És el preu que has de pagar: segueixes vivint, però enganxat, l'alliberament es barreja amb la síndrome d'abstinència, lleugera desorientació i el cos travessat per una sensació setinada de pèrdua i alienació. Quan superes aquest impàs ets més resolut i autònom, ets més pesant, també, més autoconscient i amo de tu mateix. Mentrestant camino a destemps, el pes del cos mal repartit, els membres descoordinats —l'absència del verí em comença a afectar: són les primeres passes per la quarantena—. Molt d'espai per dalt i molta superfície per recórrer i retrobar-me en l'alienació. L'autonomia exigeix una clara penyora: extirpar aquesta sentimentalitat contagiosa, aquesta necessitat postissa de comunicació que ens embafa des de les televisions, revistes i trobades familiars. En poca estona es consuma el canvi. Ara tot és més fàcil i alhora més greu: se'm fa evident que estic sol, a part dels altres. Ho noto en el tempo dels moviments i en el perllongament de la mirada. Si abans anava desllorigat, ara cos i ment, acoblats, fan menys i millor. Última insurrecció: la cuixa esquerra em vibra sola, fingeix trucades, missatges —és en va: ja no hi sóc, he tallat amarres i començo a flotar de sala en sala, la zona del *duty free* la recorro a metre i mig, i pujant: imito la màquina que em portarà a l'altra banda de món—. Sobrevolo el control de passaports, ingràvid i encara amb les convulsions del mono. Una veu crida «senyor, voli més baix, que no passa pel detector de metalls».

*

Busco marques per no perdre'm, tremperes que em diguin «aquí també tindràs recompenses: podràs comptar amb l'atzar». Són aquests finestrals panoràmics una prèvia dels celatges que travessaré? Un parell de noies joves fan estiraments. Pel mono? Segurament. Obertes les comportes de la fabulació, anticipo les impressions que tindré: sorpresa i gratitud en veure la meva habitació, alleujament en arribar a bon port, suspicàcia o connexió al primer contacte amb els altres investigadors, etc. Fa anys, abans d'arribar als llocs on viatjava, era capaç, en estrafolària carambola emocional, de sentir-ne la nostàlgia d'un cop tornat —nostàlgia passada de rosca que m'amarava com si enfebrés—. Els alemanys, tan precisos, tenen una paraula per descriure exactament això: *fernweh*.

*

El senyor del seient del costat és gran, pell tacada, mocador al coll, ulls clars, bigoti blanc d'antic xèrif i tos persistent: té energia de moribund. Però atenció: al davant se m'hi asseu un pare de família —cara de pa i clatell de pam—, bell exemplar de *biutifarró*. De tant en tant li veig el colze pelut, delitós, atacable. Em remoc al seient, neguitós. Dormo a estones, perquè hi ha un nadó que xiscla com posseït per Satanàs, molt agut, molt, i durant molta estona, massa, quasi tot el vol. Al final, com si necessités comunicar-se amb algú abans de morir, el vell sinusític del costat m'ha acabat dirigint la paraula. M'explica que ha anat a Portugal i França «*because my girlfriend likes horses a lot*». Tot i que la conversa ha continuat, no he entès gaire cosa més perquè xerrava molt fluixet. En un moment d'estranya comunió amb el ianqui del darrere meu sento que escolta *Cinnamon Girl* de Neil Young a tot drap pels auriculars. Malauradament no deixa que s'acabi i passa a la següent cançó. L'insulto —interiorment—. Aterrem. La gent aplaudeix i, finalment, veig el perfil il·luminat, encaboriat, del *biutifarró* del davant, que ha dormit tot el viatge. Té una retirada a Tony Soprano. De vegades les cares de la gent carreguen pesos que els sobrepassen. Just al costat de l'aeroport de Newark hi ha un port enorme, ple de contenidors i grues i *van carriers*. Penso en l'amor sense paraules, sense imatges.

*

El tren cap a l'accelerador corre per la vora del riu ample, cabalós i plàcid. Al meu costat hi seu un negre adolescent gegantí, una mica curt i simpàtic, que sembla sortit d'una novel·la de la Carson. El dia és gris i el *Corall romput* de l'Ovidi Montllor m'entristeix. Canvio. Poso l'aleatori, a veure què em proposa l'iPod. Em canta «*you wanna hear some rock'n'roll music*». Era això. És clar. Aquesta és la clau, el ritme, el motor i la banda sonora. La música popular del segle: el bebop, la Motown, el garage, el CBGB's, els directes al Harlem o al Fillmore, la Zulu Nation... Aquest és el perquè del lloc. I és ara que m'adono que per fi hi sóc, recorrent en tren la vora del Hudson, on s'aboquen per veure's, embadocades, mansions i bedolls, salzes i rulots. *It's got a back beat you can't lose it, any ol' time you use it...*

*

La primera nit he somniat en el centre i els seus habitants i uns nens que jugaven a futbol a la meva habitació, que era enorme i mig oberta a l'exterior. No podia escriure ni fer res. Al matí plou. Pel soroll sembla que poc, però quan surto per anar a esmorzar veig que molt. Dedueixo que m'ha fallat la percepció perquè estic acostumat a la pluja que rebota sorollosa contra l'asfalt i aquí se la menja, silenciosa, la terra. L'exploració de la cuina per trobar algun succedani del *cola-cao* és infructuosa: no n'hi ha. Amb tot, el rebost és completíssim: moltes varietats de cereals, de salses, de tes, de vins, menjars dels altres dies en tàpers, melmelades, chutneys... Una experta, la Mercedes, m'ensenya els topants. El més frapant és quan m'adverteix que, entre els arbustos dels camps circumdants —freqüentats per cérvols, esquirols i castors—, hi ha una colla de paparres que transmeten una malaltia terrible. El nom no el recordo, però sí els símptomes: una inflamació tipus picada de mosquit tigre i mal cos gripal. M'explica que a ella li'n va picar una i va estar uns dies paranoica i ara encara pren antibiòtics. La literatura i les paparres. Els protocols dels investigadors, les seves llibretes de notes i l'amenaça constant.

*

Segueix plovent.

2. Com en el *Decameró*

Ha plogut gairebé durant dos dies. Aprofito que para i surto a fer un tomb. El centre és un conjunt d'edificis de dues plantes, amb porxada, de fusta, pur estil americà, envoltats de prats, bosquets, un llac i un parc farcit d'escultures. Idíl·lic. Estem isolats —fantàsticament isolats—. La condició idònia per treballar i no posar en perill la població amb els nostres experiments. Som la versió moderna d'un monestir medieval. Al vespre ens trobem per sopar, som deu, ens entaulem i xerrem. Com en el *Decameró*, refugiats d'un món convuls, en quarantena, deu persones sense vincle es troben i comparteixen les seves vides, deu investigadors que giravolten en un circuit tancat, accelerant-se cap a la col·lisió que els atorgui aquella idea anhelada, aquell nou estat de la matèria. Cadascú, de manera no pactada, va explicant la seva història. Ahir a la nit, per exemple, en Samuel Shimon, iraquià, ens va explicar que l'havien torturat cinc cops. Més tard, canviant de pla de la realitat, des d'enfora —però sense deixar cos i pensa—, vaig poder copsar, com per un estrany forat del pany intern, la densitat i el perill inherent de la resta de dies que m'esperen per ser tacats.

*

A l'entrada de l'hospital ens atén un noi d'uns vint-i-pocs amb pinta d'ascendència asiàtica i llatina. Li diu a la Mercedes «*how are you today*?». Ens endinsem en la maquinària sanitària local, passem d'un bloc a un altre, parlem amb dues senyores negres de mitjana edat que ens indiquen el camí i alhora intenten que participem en la rifa d'una cistella plena d'objectes que ni mirem mentre fugim: és com si passéssim d'una fera a una altra. Arribem a una sala d'espera on sembla que ens atendrà l'anhelada Marcia Claro, la senyora que s'havia encarregat de les factures de la Mercedes. En comptes d'ella, una senyora grassoneta pren la iniciativa i ens diu que la seguim per l'entramat de passadissos i oficinetes, travessem portes de pladur, passadissos amb fals sostre i despatxos a banda i banda, i al final del periple, el seu despatx, que no quadra ni amb la seva mida ni amb el seu somriure que amenaça d'empassar-se'm. Escolta atenta les explicacions de la Mercedes mentre tecleja amb fúria l'ordinador. Tota l'oficina està plena d'objectes sospitosos, torbadors: un nino blau amorf, retrats de gent amb les cares esborrades, calendaris de bases militars del Japó amb nens de rínxols rossos que diuen «*arigato*». La senyora gesticula i s'expressa amb gran vivacitat, és molt exagerada, extremament *friendly*. Aquí tot és una farsa, però finalment en sortim amb les gestions fetes i la Mercedes contenta perquè no l'emmanillaran al control d'immigració quan vulgui sortir dels Estats Units. Aquest país em provoca una sensació molt contradictòria i ambivalent: passo del terror immens a la hilaritat total en un tres i no res, i de vegades, fins i tot, alhora. Per exemple, al despatx de la segona de la Marcia em debatia entre caure a terra agafant-me l'estómac per controlar les rialles o fugir corrents cridant com un boig, mort de por. Aquest maniqueisme també s'aplica, encara que de manera diferent, als americans. La gent sembla tenir

només dues posicions, com un interruptor de la llum: amistat exacerbada o por de tot, i això pot ser molt graciós i alhora fa feredat. Basculen d'un cantó a l'altre sense solució de continuïtat. Què toca avui, optimisme imparable o paranoia? És un còctel explosiu. I tot amanit i il·lustrat amb una cantarella i uns gestos tan estridents i copiats de les pel·lícules —com deia Wilde—, que qualsevol italià, al seu costat, és pura inventiva.

*

El poble del costat té el seu hippie amb la seva esplèndida botiga de segona mà. Això està molt bé, i no ho té Mollet, posem per cas. Hi ha de tot: les obres completes de Dickens, reculls d'articles d'Edmund Wilson, bestsellers, llibres de Dylan Thomas, manuals de qualsevol cosa, discos de Sly & The Family Stone... Però cap adaptador de corrent. A la tenda d'electrodomèstics un fill bastard de Jabba el Hutt ens mira amb cara de gripau, m'ensenya el que vull, li dic que sí, que és això, i em diu que costa deu dòlars. Me'l miro amb cara de *què?*. La Mercedes en va comprar un fa un any per 0,99. Ja sé que la inflació i tot això, però no. Me'l miro ben bé durant quinze segons, i ell ni s'immuta. Al final li dic que no pot ser, que deu estar equivocat, que ella —l'assenyalo— n'havia comprat un per molt menys, que com s'ho explica, etcètera. Segueix en estat de *al capvespre els gripaus sempre fem aquest posat*. Li torno l'adaptador i ens n'anem. No em giro com a Sodoma i Gomorra, perquè temo trobar-me'l en la mateixa posició i expressió facial, i sempre és terrorífic corroborar el pitjor.

*

El parc d'escultures dels afores del centre és d'una mida aproximada de dotze camps de futbol —o quinze, o cinc, però molt més gran que qualsevol era—. Aquest és el tema, les dimensions, la sensació de vastitud, i no sé si ve de dins o de fora, vull dir que no sé si és condicionada pel que jo sé de la mida del continent on estic ara instal·lat o realment es nota, es pot notar. El propi coneixement condiciona a l'hora de percebre la realitat; modifiquem l'entorn, sí, però fins a quin punt? És cert que, en sortir a fora, en desplaçar-me pel territori, he notat tothora que estic en una dimensió gegantina, gens vallclarina, gens catalana, molt americana. I m'agrada. Canvies de lloc per destruir la pròpia perspectiva i amb els bocins enlluernats pel que has viscut, fer-te'n una de nova, més calidoscòpica, que pugui captar la llum d'altres angles —canvies d'ulls, canvies d'idees, canvies d'ulleres—. Mudes la pell i, transvestit, en tornar, encomanes el virus llunyà al teu entorn immediat. Així s'escampi l'epidèmia, així resisteixi el món l'atracció irresistible del propi melic.

3. L'escriptura grenyal

Deixar que et passin coses. Fer-te permeable a l'atzar, permetre el joc. No imposar-te, donar-te, estar. Surto de l'estudi. És l'horabaixa. No fa gaire fred. A la mà, *Mirall trencat.* Rellegeixo per quarta o cinquena vegada el fantàstic pròleg, aviam si n'aprenc alguna cosa. I en un dels tres arbres pelats que tinc a la vora s'hi posen un parell de caderneres. Xerren. N'arriben tres més, més petitones: fan saltirons a l'herba i s'uneixen a la conversa, proven les seves veus jovenívoles. Escolto amb atenció. Recordo el que m'explicava el meu oncle Perot. Deia que ell, quan s'estava uns dies a la seva casa d'Espinelves, sempre aprofitava per passar tot un dia sol al bosc. Hi anava de bon matí, s'hi endinsava, s'asseia a terra i deixava que passés el temps fins que el bosc l'oblidava i ell podia ser testimoni i part del que hi passa. Havia vist coses al·lucinants. Al cap de poc una de les caderneres s'envola amunt, amunt. Torno a l'habitació i en transcric el cant.

*

En Samuel Shimon m'explica que un cop es va beure tot el contracte que li havia ofert Hans Magnus Enzensberger per una novel·la seva i que quan només tenia 24 anys havia fugit de la guerra civil libanesa en una barca amb 5.000 dòlars i s'havia passat els mesos següents vivint com un *playboy* a Nicòsia. En Saulius m'explica que uns amics seus van anar a Sibèria i, perduts, van arribar a una base militar abandonada. De les profunditats glaçades en va sortir un militar borratxo a vendre'ls vodka i caviar a preus ridículs. Van passar la nit bevent i vetllant-se els uns als altres per no morir congelats. Jo callo i torno a batre'm amb el temps. Feia no me'n recordo quant que no reprenia aquesta lluita. És un de tants combats perduts abans de començar-lo. Voldria taules. Taules voldria dir que faig la mateixa estatura que el temps a què m'abraono.

*

Les hores estan replegades en si mateixes. Quan reviscolen i s'obren com menja deshidratada, quan fan bassa de les quasi inacabables reserves de temps que estotjaven secretes, una hora es fa difícil de suportar. Minut més, minut menys, aquesta tarda, de quatre a cinc, m'hi ha cabut l'eternitat.

*

Vull una escriptura grenyal: cada paraula al seu punt, i l'arròs, deliciós. Cada paraula separada de l'altra, amb tot el seu sabor, sense empastar-se però formant part d'un ens més gran, treballant per ell; soles no valdrien res: juntes han estat cuites per arribar al cel d'un paladar que les pugui digerir i fer-les volar de pet cap a la pensa.

*

Arribo de fer un llarg passeig amb bicicleta. Després de les primeres voltes d'escriptura per l'accelerador de partícules —alguna troballa, alguna explosió, buits, incongruències, imants—, ara toca la circumval·lació, conèixer els topants. Tota la contrada és més o menys igual: grans prats tancats, casalots de fusta, cedres i roures pertot, molts rosegadors i l'aigua dessota que, sovint, sobreïx i forma basses, rierols o llacs rodons on s'abeuren les bèsties, sobretot cavalls. No veig cap cotxe que no sigui un quatre per quatre últim model. A cada cent metres, grapat amb ferro en algun arbre centenari —n'hi ha que s'eleven, altíssims, fins a l'alçada dels gratacels— una placa prohibeix el pas a tothom excepte els propietaris.

*

Un cop has tastat el luxe t'adones que també te'n podries cansar ràpidament. Res, a menys que sigui extraordinàriament dolent, és especialment pitjor o millor si ho has d'aguantar durant molt de temps. El temps tot ho arrana, per dalt i per baix. El seu sedàs dissol les diferències i el costum, l'hàbit, ho deixen tot igual d'apallissat i inconsistent. Pagesos que viuen en paratges espectaculars no són pas més feliços que l'obrer d'extraradi; l'important és la relació que s'estableix entre l'entorn i un mateix, el vincle, i com es renova la circulació de l'energia, saber com engreixar els motors i desbrossar els caminois que menen a les pròpies fonts més obagoses i profundes. Trobar un què i armar-se fins a les dents. El lloc és igual perquè la processó va per dins.

4. Per seixanta florins

La força centrípeta de l'accelerador em llança lluny i aparec a Nova York, a The Strand. Tres pisos enormes amb milers i milers de llibres de segona mà i novetats. Al cap de mitja hora em marejo i surto a respirar de pura síndrome de Stendhal. L'altre problema és l'espai limitat de la meva maleta, esclar. Els empleats són ben peculiars, simpàtics i nombrosos. A la planta del subterrani n'hi ha un dels meus: patillut, amb gorra, cos de jugador de rugbi... Els *levi's* marrons massa cenyits el delaten. Creuem unes quantes mirades apamadores i no passem, mecasumdena, d'aquí. A la secció de poesia estic per terra buscant William Carlos Williams i entra un armari de dos metres com un tornado. Ja em veig esclafat per la mola quan s'atura just al meu costat —per uns moments penso «és a mi a qui busca?, se m'endurà en braços, com una de les superpubilles de Robert Crumb?, faré un passeig en cama?»— i, decidit, agafa l'obra completa d'E.E. Cummings! La vida és estranya i bonica. Entre els llibres, els mareigs i els homenots, decideixo que ja n'he tingut prou —ja fa més d'una hora que hi sóc, bocabadat— i toco el dos.

*

Entre la gernació del MoMA brillen els fars espaterrants: Cézannes, Pollocks, Rothkos. Mirós... Són ports i obren rutes. Encabat, decidit a morir de sobredosi, enfilo la setena que creua Times Square, l'explosió més encegadora de llum, neons i pantalles gegants del món. Són tot anuncis, és l'apogeu d'un sistema detestable, però ni que no ho vulgui segueix sent un espectacle brutal. Baixant la setena, la ciutat m'enrampa i no em fa mal: Nova York és un imant gegant i jo ja sóc pur ferro, part del sexe, les empentes i els guillats, un tros més de carn, plàstic i atzar de l'illa d'asfalt que l'any 1626 els holandesos van comprar als indis per seixanta florins.

*

Unes escales ronyoses condueixen a un subterrani que fa pinta de fumador d'opi, dividit en cabinetes encortinades amb un llit cadascuna. L'ambient és prostibulari. Durant l'hora següent una senyora es dedica a fer-me més feliç, si pot ser, caminant-me per l'esquena, clavant-me els genolls, untant-me d'olis aromàtics i desentumint-me peus, cap, mans i tot el cos en general. Més tard, pèls de punta amb David Murray al Birdland, el local que va obrir Charlie Parker a finals dels quaranta i on, paradoxalment, no el deixaven entrar per ionqui i per bronques. Al llit de casa d'un amic recordaré la meva àvia, que quan teníem mal de panxa, ens donava un gotet de Fernet-Branca i ens deia «o us cura o vomiteu». Ara si en tingués no me'n prendria: vull disfrutar com un goliard de l'empatx de tot el que hi pot cabre en un sol dia.

*

A la una del migdia truca la veïna del costat, una senyora d'uns setanta amb una mica de retard mental que viu sola però amb l'ajuda de la gent de l'església de davant. Ens diu que se li ha embussat el lavabo i que no sap què fer. El meu amic, gentil, s'ofereix a ajudar-la i jo l'acompanyo. La casa és un cristo: sembla la casa d'un *homeless*, tot brutíssim, ple de llaunes caducades. Fa força pudor i té tot l'encant de la devastació —sembla treta d'un llibre d'Auster, quan el personatge principal ja està completament fet caldo—. Intentem desembussar-li el lavabo —tasca molt agradable, com es pot imaginar—, però no ho aconseguim. Molt maca ella intenta parlar-nos en un espanyol d'un altre planeta. Ens diu adéu obrint i tancant la mà dreta mentre no para de donar-nos les gràcies en aquest idioma inventat.

*

Travesso un núvol de fregits cancerígens, un fum de carns reescalfades de baixa qualitat, de cebes i alls, de dolços passats de sucres industrials: un perfum fortíssim que o et tomba d'esquena, o fa que t'hi llencis de cap. Cada dues passes, un carro de menjar llardós, o un minirestaurant de més-val-que-no-et-fixis-gaire-en-el-que-et-donem. Un cop avesat, ja està, però per sempre, sota el nas, et queden flotant els olis i sucres d'aquestes porcades. Per a un addicte al menjar això és el cel i l'infern, la tortura del paradís. Ni que volgués podria fugir del seu objecte del desig.

*

En una barra conec un irlandès molt simpàtic que quan jo disparo —Flann O'Brien, cervesa, scotch, Beckett, rugbi— em diu que mai no va passar del segon capítol de *At swim-two-birds*. Tant se val: només pel fet que el conegui i se l'hagi intentat llegir ja té deu punts. Parlem dels diferents accents i argots i acabem fent una petita ruta etílica per bars de noms horribles —Boots and Saddle?— i clientela pitjor —fan karaoke amb cançons de l'Eros Ramazzoti—, endrapem un *bagel* —el *fast food*, l'espasa de Dàmocles— i ens arrambem en un portal. La nit és molt més freda del que esperava, plujosa, un xim-xim apegalós, una boira que no deixa que es vegin les puntes dels gratacels i que enquadra la ciutat en un marc molt més humà i atapeït, de soterrani. Com en un decorat de pel·lícula negra dels quaranta, rere l'opacitat del blanc de l'aire, continuem comparant, a arraps, paraules i llengües. Em pregunta: «Què fas, abans de passar la plana?». I tot seguit passem, diligents, a les frases fetes.

*

És diumenge i el cel esbandit permet contemplar la brillantor de les cúpules de la ciutat assolellada. L'horitzó, impertèrrit, no abandona el to marronós i pol·luït. Des del seu terrat, mentre es fuma un cigarro cargolat, el meu amic em va indicant amb el dit l'*skyline* de l'illa. Anem descalços i el terrat calent ens cou els peus al punt perfecte. Encabat agafo el tren elevat i torno a l'illa. Aprofito que no fa fred per passejar pel Central Park. Fa olor de lilàs, de gessamí, d'herba acabada de tallar, de flora que explota. El parc sencer és una obscenitat: tot badat, eixarrancat, flors, arbustos, nenúfars blancs als llacs i gent fent el ronso per la gespa. M'estiro per veure si els núvols de Nova York passen amb *garbo*. Sí: amb *garbo* i catxassa.

5. Balenes

Els dies passen lents. La febre fa les coses pesants. Aquí tot està regulat perquè la gent s'exprimeixi. Els capcirons són els reis. Per aquest espai que buscava, que m'és donat, campen deliris, angoixes i troballes. L'aventura és l'escriptura: escriviure. Un monstre bicèfal a qui només li falta un cap per ser el guardià de les portes de l'infern, una serp que es menja la cua: la realitat i la ficció en un mateix cos. Tota l'estona la sensació que tens quan ja no pots més però et veus obligat a continuar, com si fes cinc dies que no mengessis, perdut per les muntanyes, i estiguessis a punt d'arribar a aquell monestir salvador, i, tot i no poder més, hi haguessis d'arribar per sobreviure. I hi acabes arribant, perquè els cansats fan la feina, i tota l'estona tires de les reserves d'energia, tota l'estona en sondeges la fondària, et sondeges i, desesperat, et trobes pla i buit, prim com un paper de fumar o, quan hi ha sort, amb vetes prometedores, voltes subcutànies. I pares atenció al seu eco, als regalims de l'aigua, a les històries de les pedres, i arremangat, minuciós, vas preguntant-ne els noms. Passes llista, fas el recompte i imprimeixes el llistat, per saber a qui recórrer quan l'ocasió ho requereixi.

*

Les cascades de Bash Bish són força sinistres, semblen tretes de *Twin Peaks*. La Gabriele, berlinesa ex de Frank Castorf, germànica bernhardiana, m'explica la seva experiència en una comuna hippie de Virginia i les seves estades a l'Índia amb el Dalai Lama. Coincidim en la idea de la força de l'enamorament instantani i efímer i en la reivindicació del carinyo a ultrança, d'admetre la possibilitat radical de conèixer la gent en tots els seus aspectes, en contra de l'inabastable ideal de l'amor etern, tants cops acompanyat del sexe sense implicació emocional —el binomi carca de matrimoni inèrtic i adulteri penós i ple de culpa—. Arriba un autocar sencer de l'Imserso coreà i inunda la llera del riu. Fan metre i mig i duen gorra. Tots saluden, molt agradables. A la tornada ens aturem en una clariana al mig de les muntanyes. Hi ha una casa de fusta, de rondalla europea, misteriosa: qui deu viure en aquest indret deixat de la mà de Déu? Qui s'hi amaga, qui prepara què, qui espera qui per fer-li què? *Pourquoi faire simple quand on peut faire compliqué?* La caseta és una llibreria plena de meravelles: la primera edició del 1969 de l'*Ada*, de Nabokov; una altra primera de *Where the Wild Things Are* (gran Maurice Sendak); una del 1959 d'una antologia de poemes de W.H. Auden; l'*After Babel*, de Steiner, un llibre d'articles de Glenn Gould... És cert que els Estats Units —així en general— pot ser un lloc horrorós per viure; estan completament sonats, no et pots banyar als rius ni creuar camps ni fer *topless*, però sí dur un AK-47 a la motxilla; és la terra de la paranoia, i etcètera, etcètera. En canvi, a Europa, caminant pel bosc, no crec que et trobis mai una llibreria com aquesta. *It's got a back beat you can't lose it, any ol' time you use it, it's gotta be rock-roll music, if you wanna dance with me, if you wanna dance with me...*

*

En Thatcham, un indi especialment distret, té quaranta-nou anys però n'aparenta deu menys. Sembla que hagi caigut en una bassa d'opi i sempre té un somriure als llavis. És molt, molt difícil d'entendre. El seu anglès és entretallat, en parla una mena de versió hip-hopera i tancadíssima, fuma com a mínim dos o tres paquets de tabac al dia i té una ampolla de whisky i una altra de vodka a la seva habitació. Escriu poemes sobre la natura i diu que està il·luminat. Diu «*yes, yes, yes* —amb un posat tot cofoi—, el Dalai em va tocar el cap i em va il·luminar». La veritat és que, tot i la pudor d'alcohol i tabac, no cal que ho juri: en fa tota la pinta. Li costa molt moure's pel món modern, les portes dels cotxes, els ordinadors, la cisterna del vàter, tot li és un entrebanc inintel·ligible. Jo li dic, quan es queda tancat per enèsim cop al cotxe, «n'estàs segur que estàs il·luminat?». Ahir a la nit va ser el primer cop que va parar taula en sa vida. Tot, sempre, li han fet les dones. Mentrestant, ell dirigeix festivals de poesia a Kerala, la seva ciutat.

*

Es veu que Bob Dylan viu per la zona. M'ho explica la Gabriele, que va fer de cangur a una de les poetes en llengua alemanya més importants de la segona meitat del segle XX, amiga de Celan i Bachmann, Ilse Aichinger, quan tenia uns vuitanta anys. L'Ilse, fets els seixanta, va decidir, un bon dia de l'any 1975, agafar un vaixell fins als States —no podia anar-hi en avió perquè li feia aprensió— per demanar un autògraf a Bob Dylan per al seu fill, que n'era fan. I bé, ja us podeu imaginar l'escena. Al mig dels camps d'Upstate NY, Ilse Aichinger, molt ben vestida, burgesa, iaia, mitteleuropea, pica a la porta del simpatiquíssim senyor Dylan. La seva dona la fa fora a coces, sense saber, evidentment, qui és. La poeta no es dóna per vençuda i fa una volta per la casa i al jardí es troba amb una parenta o fill o cosí o amic de Dylan, li explica que ve de lluny, d'Europa —ni boja diu que és una escriptora important; és tota una senyora, i això no es diu— i el que vol. Aquest personatge secundari es compadeix de l'Ilse i li aconsegueix l'autògraf. «*Isn't it sweet*», conclou la Gabriele. També m'assabento que a Hudson hi va viure Melville mentre escrivia Moby Dick. El riu Hudson és prou cabalós perquè els vaixells baleners hi arribessin i no hi havia el control ferri de Nova York. Per això es va convertir en un important port balener, en centre neuràlgic d'operacions marítimes de caça de cetacis, en l'origen de múltiples aventures pels set mars. El recorregut de l'accelerador de partícules el tracen un munt d'imants amb els seus camps magnètics. Els camps els llauren Dylan i les seves cançons i Melville i les seves balenes.

*

Passa un conill esperitat pel meu davant, creuant la gespa de sota la finestra. Al cap d'una estona, torna a passar, i en la mateixa direcció. M'agafa un atac de riure. Quan creua altre cop, em descol·loca, i començo a pensar si no fóra bo que el seguís, directe cap al país de les meravelles.

6. Carnal (o la duplicació dels cossos)

Si él te lleva a un sitio oscuro
que no te asuste la oscuridad
pues casi nunca se está seguro
si es por amor o por algo más.
R. Carrá

I, per fi, la barbacoa. La carn vol carn. En D.W., el jove director del centre, organitza una lectura dels nostres treballs. Vénen unes seixanta persones d'arreu del comtat. Ens en fem creus, perquè el centre no és un lloc de pas, està molt aïllat —els acceleradors són imprevisibles—. Al recital una descriu les mosques que cobrien els cadàvers a Ruanda; l'altra parla dels hàbits alcohòlics de Mr. He, una espècie de Faust postmodern; la de més enllà, guionista, ens llegeix la primera part d'una comèdia palestino-americana; algú altre, poemes sobre el desig en temps de la sida; l'indi ens recita la carta que el va fer reconciliar amb la seva dona; un nouvingut parla de la seva experiència a l'Afganistan actual, i així narinant. Tot és inèdit i la passió del que hi està completament abocat es nota. A la lectura hi ve gent curiosa: sóc a fora, admirant un descomunal arc de Sant Martí doble i halant-me una hamburguesa *grillé* quan una senyora se m'apropa i es presenta. Deu tenir uns seixanta llargs. És grega-americana i es dedica a obrir tendes de Calvin Klein pel món —diu que va obrir la de Barcelona—. L'acompanya una amiga, que resulta que és la dona de l'introductor del shiatsu als Estats Units i, a més a més, de joveneta va estar embolicada amb George A. Romero, el director que va fer *The Night of the Living Dead*, una de les primeres pel·lícules *gore*. Experiments, poesia, barbacoa, shiatsu, *gore*, Calvin Klein: el país s'explica solet.

*

Ja ho deia Ausiàs March. Hores més tard, em trobo catapultat directament dins d'un cotxe que condueix una persona que no conec. Plou, és fosc, mitjanit, i de la discontínua s'aixeca una boira tenebrosa. Tant voltar per acabar a la secció de successos? Atura't, Martí, que no veus que t'estàs ficant a la gola del llop, al cor de les palpentes? Aquesta ànsia d'aventures no pot acabar bé. El conductor és un xaval de dinou anys, estudiant universitari, colombià adoptat per una parella de ianquis de la ciutat de Cairo (NY), que em porta a una festa a Albany. De seguida ens caiem bé i xerrem de música i d'óssos i d'herba. Fa setmanes que no em fumo un porro. En Rob, sol·lícit, furga per sota el seu seient i treu una bossa plena de maria. El camí a Albany s'omple de rialles i la nit ja no sembla tan hostil ni perillosa. La boira, allò desconegut, continua sent un misteri, però ara és atractiu. Just abans d'entrar a la festa, m'adono que m'he deixat el passaport. En Rob, universitari aplicat que priva, té els seus trucs, i em passa un *fake ID*, és a dir, un *denaí* fals. Casualment, la foto de l'Edwyn, el paio de l'ID, s'assembla molt a mi. És que m'he desdoblat, en l'enèsima volta de l'accelerador de partícules? És un comportament típic dels electrons en estats excitats, la quàntica en parla. O potser jo no era jo i és ara que m'he trobat, en una flamant subdivisió atòmica? «Hola, Edwyn.» Entrem sense problemes. La festa és plena de gent. En Rob me'ls va presentant i jo em perdo quan em convé. Tot rutlla. Al cap d'una estona i d'unes cerveses, havent fet coneixences, decidim marxar cap al següent lloc que ha preparat l'organització. Es tracta d'un hotel. Han reservat una ala sencera d'un hotel per a la festa. Hi ha una sala gran amb teles, beguda, música, i algun llit enorme, i després hi ha les habitacions, la majoria, amb les portes obertes de bat a bat. En aquest ambient cordial i pujat de to, la roba no triga a desaparèixer i la gent s'anima. Com més serem, més riurem. *More to love.* D'habitació a habitació, d'amic a amat, diferents escenes, diferents postures, diferents combinacions, gemecs, silencis, excitacions, maneres. On comença l'un i acaba l'altre? Fortor de suor i saliva, cuixes i culs, mans, boques i mugrons, desplegament de recursos amatoris. Allargo el braç i annexiono un nou territori. Les fronteres, arrasades. Tria, remena, toca, abraça, magreja. Turgències, petons, grapades. Conjugar tècnica i passió per assolir un més gran plaer: envestir, envergar, enardir. Amors aferrissats, amors a toc de metrònom, amors a batzegades, amors a càmera lenta. Amb eines de cartògraf apamem el vast territori de pell que se'ns ofereix, topografiem tota sima, pit, esquena, sexe, i com que cerquem or, baixem a la mina. Els nostres cossos s'inscriuen, se subratllen, s'insereixen, es corroboren, s'alcen, es col·lapsen. Els nostres cossos s'alçuren. Els fem punta per escriure'ns millor. Tota escriptura és palimpsest i tota lectura la culminació d'una munió d'escriptures. Cos a cos, el desig no es pregunta, però els cossos hi responen. Com ens excita la mirada que es perllonga fins a la procacitat, o aquests llavis, de sobte, tan tendres, o —i sempre— la voracitat d'una llengua que no s'esgota: la trempera. Tot juga: les possibilitats, per primer cop, se'm mostren infinites. On comença l'un i acaba l'altre, allí hem estat llarga estona, arribant a la lucidesa a través del deliri, anant de l'u al tots i cantant a la tornada.

7. *Sundowner*

L'Ida, bostoniana de vint-i-nou anys que parla sis idiomes i ha viscut al Japó, la Xina, Alemanya, Noruega, França i els Estats Units, i ara viu a Berlín, té una cara tipus Uma Thurman i diu que en els llibres de Nabokov només hi ha dues emocions bàsiques: la nostàlgia i el menyspreu. Jo dic: «I el desig». Ella em rebat argumentant que el desig, en Nabokov, sempre forma part del conjunt superior de la melangia, de la despertinença a un passat irrevocablement fugisser. És cert, l'Ida té raó. Nabokov mai no parla d'amor en present.

*

L'herba la tallaven els dracs —ho recordo perfectament—. En Baldiri Salcedo —el seu tiet veneçolà matava taràntules amb un matxet— i jo ens hi enfilàvem. Els meus pares en van fer la crònica, en el seu moment. No cal inventar-se res. Tot ja hi és. Aquí al centre cada dimecres ve la brigada dels segadors cavalcant llurs màquines. Surto i sento la mateixa olor de quan era petit i les mateixes ganes de drac. Thatcham, el de Kerala, té una catifa voladora. Algun matí em llevo més d'hora que d'habitud i el veig passar entre els núvols lleus de l'alba.

*

Aquests dies no surt res de bo. Als altres també els passa. Jo crec que és aquesta pressió atmosfèrica que no deixa ni ploure ni sortir el sol. A mitja tarda arriba la Rita, la gran cuinera, la que ens fa gaudir cada nit amb les seves menges magnífiques, especiades i internacionals. Ens pregunta com ens ha anat el dia i li expliquem la situació. Ella ens diu: és que és lluna plena. Després del sopar, bec vi amb les guapones de Berlín. Parlem de la seva relació amb l'Alemanya nazi —complicada, gens ni mica superada—, dels morts de cadascú, ballem Otis, Marvin Gaye, Tricky, The Flirtations, i sortim a admirar la llunassa que ens pertorba. Som dalt d'un turó herbat. A l'horitzó, les muntanyes blaves de Catskills. La llum és com el tel de nata de la llet, la mateixa textura, el mateix plaer al paladar de la còrnia. Concloem que mai més tornarem a viure com a milionaris i que hem d'aprofitar això tan fantàstic de veure com la lluna plena il·lumina les pròpies terres.

*

D'una vegada per totes, quan plourà, mecasundena, quan caurà un aiguat que posi les coses al seu lloc? Tot està desendreçat, fa dies que els edificis del centre han abandonat els seus fonaments i s'estan a la vora del riu, amb les granotes. Totes les ondulacions del terreny s'han superposat en una sola i estranya protuberància que fa ombra al pla erm que han deixat. Els arbres s'hi han dispersat en perfecta distribució geomètrica. S'han dedicat a ocupar-ho tot, com una plaga: te'ls trobes exactament cada sis passes. No hi ha espai lliure, ni bosc, ni parterre, tot està barrejat indiscriminadament, deixatat, pollós. Necessitem esbandir-nos. El dia es lleva ennuvolat i pensem: «Visca!». Al cap de cinc minuts fa un sol que tomba. I després una ventada de tempesta que desemboca en un vespre fosc i eixarreït. Una tarda ens van caure exactament dotze gotes a cadascú: l'apoteosi de l'exasperació. A partir d'aquell moment vam assumir la burla. El temps juga amb les nostres expectatives. Ens trobem per l'accelerador inoperant i ho comentem. Les nostres investigacions resten aturades, o completament esbiaixades i perdudes. Les bates blanques, brutes, descuidades: l'experiment, al carall. L'accelerador, en hores baixes —el recorregut s'està desimantant—. A l'Steven, un dels nouvinguts, que vol escriure la seva primera novel·la, només li surten versos sobre extraterrestres. A la Denise, reportera de guerra, un drama burgès. Ningú no controla les seves forces. Fa dies que ens governa l'atmosfera. Fins i tot, alguna nit, ens equivoquem de dormitoris i llits, de noms, de robes. Quin desgavell. Que troni, que els llamps ens fulminin. Que plogui, que caigui la pluja recol·locadora. Aquest és el nostre prec.

*

És possible aprofitar la mala fortuna? Agafo la bici. Segur que a mig camí es fot a ploure —potser era aquesta la manera?—. Temptaré la sort. Espero que sigui l'horabaixa, just abans de sopar. Enfilo Letter S Road cap amunt. Tot està silenciós, com allitant-se. Un cartell vermell m'indica que traspasso els límits de la comarca. Continuo. No veig cérvols i el bosc es fa més espès, el verd es torna hipnòtic. Són verns altíssims, vells. Pedalo amb força. El camí puja cap a la fi del bosc. El paisatge s'obre en un altiplà de camps amb quatre cases escampades i quines vistes. Al bell mig hi ha una torre d'estructura metàl·lica que sembla de comunicacions. Baixo de la bici. Hi ha una calma. Al cap de poca estona arriben les àguiles. Són *sundowners* —un *sundowner* és el còctel que es prenien els anglesos de les colònies cada vespre per ajudar el sol a pondre's—. Es reuneixen dalt la torre i, de tant en tant, es llancen en picat, fan un vol rasant, s'enlairen, planegen en cercles i tornen a la torre. El seu vol és elegant i paorós. L'envergadura de les ales és tremenda. En el camí de baixada al centre no pedalo, amb el pendent ja n'hi ha prou. Deixo anar el manillar, els braços plegats al pit. La carretera i els arbres estan en un mateix pla, el meu cap en un altre. Mantinc la vista en un punt llunyà, invisible. La bicicleta va agafant més i més velocitat. S'apropa un revolt. Redistribueixo lleugerament el cos per agafar-lo. El pendent es fa més pronunciat. Vaig molt de pressa. Tanco els ulls. El vent fred al rostre és una delícia. *Nec spe, nec metu.*

Noto com l'accelerador s'engega, el seu camp magnètic que em crida. Em ve, com un cop de puny, una alenada fortíssima de lilàs. Derrapo i en cullo un ram. Torno caminant amb la bicicleta al costat, mastegant el fonoll invisible dels meus records.

8. Greix al cul

Fa un vent esfereïdor, furibund, que vincla els salzes i destrossa el lilà, que fa trontollar l'edifici que protegeix aquesta taula plena de fulls impresos gargotejats, aquest maleït paràgraf que no puc acabar d'escriure, encegat pel sol que el vent em dispara en fer ballar les branques del vern, no puc evitar el llampegueig perquè varia a cada instant, perquè pot venir de tot arreu i tot em pica i em fa mal l'estómac i escolto Bach i m'enerva perquè el vent me'l ratlla, me'l taca, me'l destrueix, enlluernat, desconcentrat, desconcertat, esbalaït, esventrat pel vent que em fa parlar amb mi mateix i m'ataca els nervis, monologo neguitós, la pensa esborronada, embrutida, quin desfici, no plou, i el vent no para, i sóc a mercè dels déus: navego aturat a la meva cambra, com Xavier de Maistre i, sense ruta, no albiro port, ni ingrata terra ni res que no sigui l'eterna i insofrible deriva de l'escriptura.

*

Dijous passat va venir a sopar un capellà negre de Ruanda. La Denise, l'australiana que treballa amb fotògrafs i reporters de guerra, l'havia d'entrevistar sobre el genocidi, perquè ell hi va ser. La Denise ens comenta que li resulta terrible fer reviure a una persona tot aquell drama fora mida, perquè el procés és extremament dolorós. De totes maneres creu que s'ha de fer i ho fa. Diu que el genocidi de Ruanda és una de les atrocitats més grans mai comeses, una escabetxina amb matxets, un esquarterament massiu. Després sopem tots junts, i parlem de *n'importe quoi* amb el capellà, que és molt simpàtic. Sota el cel estrellat, la Clàudia ens explica que el Peter Härtling, un escriptor alemany molt conegut, gras, deia que feien falta tres coses per escriure bé: una bona història, talent i la més important: greix al cul.

*

Sóc al lavabo d'un multimilionari. Del senyor que ho paga tot, Mr. Francis Greenberger. És un senyor que té uns setanta anys, vesteix d'esport, duu gorra i sandàlies. Té la cara colrada dels pioners. Vaig al lavabo i em trobo, penjada, una carta emmarcada de Hillary Clinton agraint-li que participés activament en la seva campanya del 2000. Al costat, una foto del matrimoni Clinton i el matrimoni Greenberger, amb els seus fills. Esgarrifa. Demano un banyador i em llanço a la piscina. Des de l'aigua trec el cap i miro els matolls de flors. Descobreixo, amb gran sorpresa, un colibrí que les xucla. No n'havia vist mai cap. És un bitxo màgic, el seu batre d'ales, tan ràpid que les fa invisibles, aquest vol quàntic. Els investigadors hem d'estar atents: les variables són arreu i cabdals per al resultat de l'experiment. Entro a la cuina a canviar-me i sento que la cuinera parla en francès amb la seva ajudant negra. Comencem a xerrar i l'ajudanta m'explica que és senegalesa, nascuda a Costa d'Ivori però casada amb un senegalès, van viure molts anys a Dakar i després van decidir marxar cap a Amèrica, no m'explica per què i jo m'ho imagino. La cuinera, rossa, d'uns setanta anys, és del nord d'Itàlia. Ha tingut una vida moguda. Diu que als vint-i-vuit anys li van predir, tirant-li les cartes, el que li passaria i que ho havien encertat tot.

Dos marits, una llarga vida i tres països. Va estar casada amb un francès i van viure vint-i-quatre anys a París. Es va morir i se'n va anar amb un ianqui a Nova York. Fa un any que se li ha mort. Una llàgrima malda per escapar-se-li, però no ho aconsegueix. Riallera, passa de l'italià al francès en una sola frase per acabar-la en anglès. És un ball d'idiomes. Apareix una dona, també duu gorra, ulleres, d'uns cinquanta. Es presenta, és agent literària. El D.W. m'explica que és l'agent de Paul Auster. Intentem cantar *Sweet Home Chicago* però no ens surt gaire bé. Sortim a fora i ens reunim amb tots els escriptors, que xerren amb Mr. Francis. L'enganxo quan està dient que als dinou feia de *scout* per a Herr Ledig i que es va cansar de llegir tants llibres i va passar al negoci immobiliari, que és amb el que s'ha fet multimilionari. Manté l'agència de Herr Ledig, ara seva. Fa quaranta anys, quan va descobrir aquests terrenys preciosos a la vall del riu Hudson, a prop de Nova York, va tenir la idea de comprar-ne un tros prou gran per edificar-hi una residència d'escriptors, una d'artistes visuals i un parc d'escultures a l'aire lliure: un senyor accelerador de partícules. Així va néixer el centre, la Ledig House.

*

M'he insolat una mica, crec. Reviso els textos que he escrit i els falta alguna cosa, no sé el què. Fa dies que hi dono voltes. Cada cop ens llancem amb més velocitat contra nosaltres mateixos, l'acceleració és això, voler trencar-se definitivament i trobar en els propis bocins algun sentit, la massa fosca que mou l'Univers, el gran què: *aunque sea ceniza cuanto tengo hasta ahora, cuanto se me ha tendido a modo de esperanza.*

9. Comentar la jugada

Les carns se m'afebleixen, em vaig fent tou, gelatinós com un flam. Només em resten àgils les puntes dels dits. Al cervell, agulletes.

*

Cada cop que torno amb la bicicleta dels meus passeigs, m'aturo una estona a xerrar amb les granotes que s'estan a la fresca d'un bassal a la vora de la carretera. Com se'ls inflen les papades en exclamar-se, com exploten de groc en comentar la jugada.

*

Abans-d'ahir vam allargar el sopar fins tard, les germàniques es van engatar i vam decidir rebatejar la cuina. Ara es diu The Meaningful Kitchen i està plena de *post-its* reveladors: a dins del microones, *Russian literature is about fate, modern western literature is about luck*; entre les aixetes d'aigua calenta i freda, *Truth everywhere*; al damunt de la cara del Paul Newman del pot de panses, *Cool people fart in colours, dull people fart in black&white*; a la nevera, *Monogamy is for cowards* —l'endemà el cuiner respon: *Oh yeah? Try it for 20 years and then tell me*—; al suro, *We can always blame the dragon in the oven*; al calendari, *Gabriele Riedl vomited in the yellow flowers of the Himalayas.*

*

Com cada vespre ens trobem al porxo a veure la posta de sol. És quan se'ns fa més palès que estem al paradís. Tanta bellesa desarma, i la Gabriele, la germànica dona d'acer, s'esberla i comença a plorar. Aquest agost farà cinquanta anys i diu que no ho podrà celebrar amb ningú, que estarà completament sola, que els seus amics no hi són, estan escampats pel món, i que no té ningú i està tipa de tornar dels seus viatges —sobretot dels terribles, els de guerres, com el de Darfur— i no trobar ni consol ni confort a casa seva: trobar-la buida. Diu que pateix una grandíssima manca de tendresa.

*

Últim sopar al centre. Hi ha molt soroll, tothom xerra i discuteix alhora, el tema és la ficció i la no-ficció, la veritat en la literatura i tota la mandanga. M'escapo cinc minuts a fora perquè s'acaba de pondre el sol i el cel és aquella barreja de roses, taronges, vermells i verds que m'embadaleix. Estic enfilat dalt del banc quan, del no-res, es materialitzen dos cérvols a tocar, trotant a càmera lenta pel camp del davant. Corren parsimoniosament cap a la meva dreta, amb els caps tombats cap a mi i les cues blanques alçades. I ja no hi són. Era el comiat. Torno al sopar i faig com si res, no ho comento a ningú: les epifanies no s'expliquen. Com a molt, les escrius a l'estimat diari.

10. El Dorado

Ressaca. La quarantena va acabar amb tot de frases russes mítiques —*it's impossible to get completely drunk* i *drunkness is a myth*—, himnes nacionals —canto, torrat, la cançó del lladre— i conclusions —la Gabriele diu que tots nosaltres som allà perquè ens dediquem a posar una paraula rere una altra—. Ara el mal de cap em fa divagar i em costa fer la maleta. Arriba el taxi i m'acomiado a corre-cuita. Abraçades sentides. El plàcid viatge per la ja familiar riba del Hudson atenua la ressaca i em va introduint, a poc a poc, a la ciutat. Vaig directament a cal Melcion i per la mateixa vorera però en direcció oposada arriba en Bernat. Anem a dinar a un grec de llepar-s'hi els dits, xai amb patates i vi blanc. Xerrem, per una d'aquelles casualitats divertides, del meu oncle Jordi i les seves atzagaiades en explicar Hegel —«i li van agafar uns marramiaus»—. Per unes hores s'instal·la un lobby català al cor de Queens: en un restaurant grec maquinem. Després, de matinada, en llegir Foix i Llull, s'accentua la sensació de pertànyer, vulguis o no, a aquesta mena de conxorxa internacional amb predilecció per l'escatologia i les verges negres.

*

A la meva illa hi ha palmeres, hi ha gent que es capbussa, hi ha torres emparentades, hi ha furgonetes que venen gelats, hi ha espectacle. També, què us pensàveu, hi ha llagostes i crancs peluts que es mouen damunt les roques. Hi ha una peixateria grega, un supermercat brasiler i una rellotgeria equatoriana. Per damunt de dues botigues de roba índia i d'una granja de pollastres, passa, elevada, la via del tren: el pont es fica dins d'un túnel i va fins a Manhattan, i d'allà als Estats Units i als que no s'han unificat encara.

Melcion Mateu
Long Island City

Vaig pel barri en bicicleta per la vorera ampla, passo de llarg la granja de pollastres de la cantonada i m'aturo, bocabadat, davant d'un El Dorado. El Dorado, el cadillac de Picasso a la cançó de Jonathan Richman i els Modern Lovers; El Dorado, el paradís mític de la conquesta d'Amèrica. Lluent, de carcassa elegant, meravella arquitectònica d'horitzontalitat i luxe —una filigrana de metall sobre rodes—, aquest El Dorado que només coneixia de nom m'acaba de deixar sense respiració i me n'ha donat la imatge.

*

A l'altra punta de la ciutat viu la Marjorie, una senyora negra d'uns setanta anys, amb cinc fills i marit, tots dedicats al jazz. Fa anys se li van morir dos dels seus fills i ella es va deprimir profundament. Es passava els dies plorant, sobretot els diumenges —un dels fills havia mort aquell dia— fins que va decidir que ja n'hi havia prou i va convertir casa seva en un club de jazz de diumenge a la tarda, gratuït, només pel plaer d'estar acompanyada i retrobar el sentit a la vida. La Marjorie i el seu fill pianista i d'altres músics es reuneixen al menjador, paren quatre cadires i la gent ve i es fa costat mútuament. La jam funciona: no són pas amateurs, i tenen un toc de vertadera gràcia; les cançons es van desgranant, les improvisacions creixen i amb la proximitat arriba la màgia. Senyores grans amigues de la Marjorie es passegen amb plats de cuixes de pollastre arrebossades i gots de suc de poma, una dona del públic s'aixeca i es posa a cantar un estàndard, la gent pica de mans, riu. L'ambient és acollidor. Acaba la sessió i tothom xerra amb tothom, la Marjorie abraça en Melcion, i a mi, i el fill pianista es presenta, expliquem d'on venim i com ens agrada tot això. Tothom encantat. Surto del 555 mig flotant. Estem a dalt de tot de Harlem, a Washington Heights —es diu així perquè hi va viure George Washington durant la guerra de la independència—; en Melcion m'explica que en aquell edifici hi havia viscut el Duke —Ellington— i també Count Basie: les vibracions tenien una explicació. I em descobreix l'origen del nom de la cançó *Take the «A» train*: la A és la línia que porta del JFK directament a Harlem, a cal Duke, i això és el que els deia el Duke als músics amics que el venien a visitar des de fora. Agafem la A i baixem *downtown*, taral·lejant-la.

11. Pascal

Faig ferum de vol transatlàntic: menjar dolent i pets dels veïns empassats amb un estoïcisme semblant. Ja no parlo amb ningú, ni tampoc escric, torno. L'espai-temps fa l'últim cop de cua, el més fort, el que et llança com un projectil cap al no-res i t'abandona a la teva sort; l'experiment s'acaba; entrego el bisturí, els guants i la resta, però em quedo la pistola, el fonendo i el llapis; els investigadors pengen la bata blanca i se'n van a sopar, esgotats; les condicions inicials són, a hores d'ara, impossibles de mesurar —i, per tant, res del que vindrà: cal escriure-ho—. *Tabula rasa*, i amb ella, les ganes infinites de potinejar. Mentrestant, a mi, cada hora se'm multiplica per dos: viatjo veloçment cap al futur. Tarda a la costa est, nit curta de finestres tancades, albada a Lisboa. Arribo divendres, però Barcelona sembla en diumenge —el Jordi em diu que hi ha vaga de transportistes—. Potser és això.

*

Quan arribes a Astoria —Queens, parada de l'avinguda 36— amb la línia N o W, des de Manhattan, hi arribes descobert, per una via elevada. Surts del túnel del pont que creua el Hudson i mentre tombes cap a l'esquerra, cap al nord, et vas aixecant i guanyes vistes. De mica en mica apareix tot l'*skyline* de Manhattan amb la perla de l'edifici Chrysler incrustada com un joiell a la corona d'alçades de l'illa. A mitjanit és com una pantera vestida amb lluentons. Del vagó de metro sempre sóc l'únic que la mira. Per mi encara no és una amant gastada.

*

Harlem a l'altura del carrer 145. Saint Nicks, petit, fosc, jazz. En un racó de la barra, a tocar de la banda, demano una cervesa. Sec al costat d'un senyor negre vestit de xandall i amb bastó, bastant trompa. (No me'n recordo de què vam parlar però era divertit. Al final vaig esbrinar, per casualitat, que era un dels propietaris del local.) Al cap d'una estona se'ns afegeixen un parell de noies arreglades i també força col·locades que se m'ofereixen per anar a comprar-me una mica de maria i fumar-nos-la al pati del darrere —i potser més—. Jo contesto que encantat, però que no tinc ni un duro. La impossibilitat dels diners esfuma l'amabilitat i es dirigeixen cap a preses amb més calés: dos homes negres d'uns quaranta llargs amb americana i corbata. Quan ja no puc pagar-me el beure, dic adéu i vaig a buscar el metro, un parell de carrers més avall. Les voreres estan plenes de gent asseguda a les escales de les cases o als cotxes escoltant música i fent-la petar, grups de noies veient passar els nois i viceversa. Hi passo com un fantasma, semiinvisible, l'únic blanquinós. És evident que no sóc de Harlem, però m'és igual i xiulo, feliç.

*

Nova York és una ciutat que tot just fa vint anys que és segura i transitable. Tot el segle XX, fins a mitjans dels noranta, ha estat una ciutat molt perillosa, i sobretot els setanta i vuitanta, quan era una ciutat en guerra civil amb moltes morts violentes cada dia per tots els barris. L'alleujament de la gent, després de tantes dècades de tensió, es nota, i s'agraeix d'allò més, perquè no hi ha res pitjor que creure's que ser estirat és el més *cool*. Res més allunyat de la realitat: *tan cool que ni te enteras*.

*

Estic mirant fixament el terra de la llibreria Barnes & Noble de Union Square. Estic marejat. El terra em tranquil·litza: rajoles anodines sense literatura, sense edicions magnífiques del *Gravity's Rainbow*, de la *New York Trilogy* o del número de còmic de la revista *McSweeney's*, de les obres completes de Flann O'Brien o de miscel·lànies plenes d'informacions secretes sobre els meus escriptors preferits. El terra de la Barnes & Noble de Union Square és d'un color gris que no m'excita ni me'l vull endur a casa. Recordo aquesta mateixa sensació del primer cop que vaig anar a l'Strand, ja fa un mes. No pensava que em tornaria a passar. No tinc remei. Em poso el fonendo. Sóc arítmic, no em serveix per a res. M'enduc l'O'Brien i surto. A Union Square semblo un orat, fins i tot els que es dediquen a vendre sobrets de felicitat observen, estranyats, el meu somriure d'orella a orella.

*

Jo era sota el meu admirat edifici Chrysler, el més bonic de tots, i acabava de sortir del mercat de Grand Central, mercat de menges exquisides i caríssimes a sota del qual hi ha l'estació central de Nova York, i va ser llavors quan vaig caure sota el seu influx. Parlar de gratacels és com fer un poema sobre una posta de sol. No buscaré la metàfora perfecta, ni la més espectacular i rebuscada. Seré breu: només vull deixar constància que, una tarda de sol i pluja, l'última, els reflexos dels gratacels rebotaven de l'un a l'altre i les masses de vidre, formigó i acer, reverberant, es van multiplicar per elles mateixes. Assolint la proporció i qualitat de miratge gegantí, van canviar d'estat de la matèria per transformar-se en una boira estranya i aclaparadora damunt meu, un mar invertit pel qual vaig començar a anar a la deriva com una esponja amb paper i llapis.

*

Agafo un taxi cap a l'aeroport. El condueix un indi musulmà que no para de resar el rosari i dir-me que si arribem és gràcies a Al·là. Amb prou feines puc aixecar la maleta, que pesa com un burro mort, i per això he decidit gastar-me els últims dòlars en un taxi. Arribem a l'hora, inxal·là. Hem creuat Manhattan, hem agafat el túnel cap a Nova Jersey i no hi ha gaire trànsit. Els controls de l'aeroport són mínims i en un tres i no res sóc a l'avió, esperant que s'envoli. Llegeixo amb avidesa i atacs de riure l'últim llibre de Sedaris. Darrere meu una família amb nens incontrolats em farà el viatge llarg i insuportable. Sabia que, igualment, seria pesat, així que ho entomo amb resignació. Dormisquejo i passen les hores. A Lisboa acaba de sortir el sol i l'aire és fresc. Empalmo cap a Barna. Això s'acaba. Això s'ha acabat.

*

Tout le trouble du monde vient de ce q'on ne sait pas rester seul dans ce chambre.

Pascal

Abans anàvem a la piscina (Sobre el principi d'incertesa de Heisenberg)

El poble estava aplacat. El tou allargassat de núvols que feia de volta esmorteïa els ànims. No hi havia ningú al carrer, si passava algú era corrents i amb ganes d'arrecerar-se, perquè tothom sabia que plouria i que cauria un bon xàfec. Mentre no plogués, la pressió aniria en augment i els ossos del cap anirien fent pressió més i més i potser alguns arribarien al paroxisme: és cosa sabuda, núvols, lluna i vent fan parar boja la gent. A la taula, a part de nosaltres tres, hi havia el mexicà que havia trobat a la barra, un xaval jove, lletjot, grenyut i amb ulleres que no parava de riure i xerrar i fer-se el simpàtic. La seva càmera i el meu trípode ens havien fet reconeixe'ns com a companys de professió. Estàvem esperant una taula per sopar i bevíem unes canyes; ell sucava pa a uns *callos*. Era un estiu de merda, jo tenia problemes per tots cantons i no sabia què fer amb la meva vida. Un mes abans havia quedat amb en Roger i li havia explicat el que em passava, i com que sabia que no tenia ni un duro, ell m'havia ofert aquesta feina; només l'havia d'ajudar durant uns dies a gravar una peça a mig camí entre el documental i el videoart durant les festes majors de Castellbisbal. Sonava divertit, necessitava els diners i, per tant, vaig dir que encantat. Ens havíem passat tres tardes entrevistant la gent del poble: des d'adolescents marroquins a iaios andalusos, mares de família i colles de joves de la terra, futurs escriptors, artistes locals i jubilades amants de l'impressionisme. La pregunta era: què és l'art contemporani? Les respostes no podien ser menys variades: quatre gargots, Ricky Martin, m'encanta, Miró, una necessitat, jo no n'aplego res, Dalí era un paio collonut, *el arte es libertad*, al Prado hi vaig anar obligat, abans anàvem a la piscina. El quart dia ja ens reconeixia i saludava tothom. Una taula va quedar lliure i ens hi vam asseure tots quatre. A fora bufava el vent molt fort. Vam començar a demanar tapes i cerveses i el mexicà ens va explicar la seva vida, per què havia acabat a Castellbisbal, que els mems eren l'ànima de l'ADN, quins escriptors mexicans li agradaven —això l'hi vaig preguntar jo—, etc. Cada cop que el cambrer deixava un plat damunt la taula ens hi llançàvem com voltors i l'engolíem en poc més de tres minuts. El mexicà seguia parlant. Nosaltres endrapàvem i entre mos i mos cada cop rèiem més. D'ell o del que fos. Encabat, el mexicà va demanar el compte i nosaltres quatre tequiles per celebrar la trobada i la impossibilitat de sortir a fer la feina: per fi plovia a bots i a barrals. «No hi ha tequila», va dir el cambrer, mentre el mexicà insistia a pagar tot el que ens havíem fotut i nosaltres dèiem que ni pensar-hi. Doncs que sigui rom. Vam acordar que ell pagava el menjar i nosaltres les begudes. Després d'una ronda ve l'altra, i ja no sabíem de què parlàvem. Va passar una nena petita, de tres o quatre anys, i va provar d'estirar la corretja de la càmera del mexicà, que llavors ni recordàvem que es deia Óscar —crec—. El pare de la nena ens va dir que tant de bo que la nena fos fotògrafa perquè així li duria a casa tot de fotos de dones mamelludes en pilotes. Jo li vaig dir, fent broma, «home, si es passa el dia fent fotos a dones potser li acabaran agradant les dones, i això, a vostè, no sé si li agradarà». Ell va dir «sí, sí, seria de puta mare que la meva filla fos bollera i fotògrafa, així tindré material de primera per ja saps què». I vinga riure. Des de la barra feia estona que un paio ens mirava amb una cara divertida i reia quan nosaltres rèiem. Li vaig aguantar la mirada i ell va gosar dir «sí que us ho passeu bé», a aquelles alçades tot jugava i com més serem més riurem, «vine, seu amb nosaltres». Em feia molta gràcia, el paio, tenia una cara ben estranya, i parlava entretalladament, com un orat. El mexicà havia perdut protagonisme i ara el centre d'atenció era l'altre. Més tard, no a la tornada, potser al cap d'una setmana, recordaríem que en aquell moment la gent del bar, també animats, ens va mirar com volent dir esteu fent alguna cosa malament. Llavors no ens en vam adonar, o ens la bufava. Vam decidir que l'havíem d'entrevistar i en Roger va treure la càmera i el mexicà la seva, i el paio reia i la meitat esquerra de la seva cara se n'anava cap amunt, com rient, i jo també em moria de riure. Vaig aixecar-me a pixar i quan vaig tornar vaig veure que, a part del discurs inintel·ligible del noi, al bar només se sentia la pluja de fora. Tots ens miraven a nosaltres o a terra i les cares eren tortes, reconcentrades. La nostra taula era tot rialles i flaixos i entrevista de borratxos. Em va semblar que potser sí que estàvem fent alguna cosa malament i crec que en Roger, quan em va mirar, també se'n va adonar, i mentre el mexicà encara seguia fent fotos nosaltres vam donar per acabada l'entrevista.

El mexicà va començar a parlar amb el *tio raro*, jo encara estava dret, en Roger es va aixecar a pagar, en Jesús, el meu amic llarguerut que ens feia de comparsa i de xofer, va aprofitar per anar al lavabo i, veient que aquell parell estaven distrets amb la conversa i l'ambient del bar semblava més relaxat però no prou perquè ens hi quedéssim, vam decidir marxar. Els carrers eren relliscosos i nosaltres fèiem tentines i rèiem perquè els havíem deixat penjats sense dir-los ni ase ni bèstia. Intentàvem que les rialles esborressin el nostre rastre perquè sabíem massa bé que fugíem d'alguna cosa que havíem desencadenat amb inconsciència, d'alguna cosa que no es fa i que havíem fet i de la qual ara volíem desempallegar-nos sense fer-nos-en càrrec, com uns covards. La més soterrada de les intuïcions ens advertia claríssimament que actuant d'aquesta manera només aconseguiríem ajornar un perill i un mal que havíem despertat sense saber tractar-lo i que quan ens caigués al damunt, de sobte, multiplicat per mil com una plaga, ens agafaria a contrapeu i la patacada seria molt pitjor: el mal ja està fet i no permet prodigis. Ens va costar trobar el cotxe. Vam passar el camí de tornada cantant cançons de l'Elvis i fent gresca —en va—. Més tard cadascú, en la solitud religiosa del seu llit, va intentar amb totes les seves forces oblidar el que havia passat aquella nit. Amnèsia a crits sense crit, com gats en zel dalt d'una tàpia tan alta que acaba a l'espai exterior, on no es propaga el so, esgarips al buit contra la lluna i el passat. L'endemà ens costava que la gent ens respongués, deien que no en sabien res, d'art contemporani, o que els feia vergonya, o que tenien pressa. Només una dona policia, la Sonay, molt amable, ens va explicar que ella en realitat volia ser criminòloga, a mi no em va això de la repressió, m'interessen molt els psicòpates i encara que no ho sembli abans era heavy. Havia nascut a Sort i li agradava molt *El desconsol* de Josep Llimona. «Giacometti em fa por», va dir mentre s'encenia un cigarro, i amb un somriure tímid va afegir: «En voleu?».

A classe

El físic explica: la radiació de fons es dóna quan hi ha una situació de molta densitat i molta temperatura que fa que la matèria i la radiació —fotons— estiguin juntes. Interactuen tan ràpidament que és una sopa d'energia, no s'entén què és cada cosa: es transformen alhora en tot... Energia, radiació i matèria són el mateix fins que es refreden i comencen a diferenciar-se per l'expansió. La radiació queda a una banda i la matèria a l'altra. És un moment proper al Big Bang, a l'inici de tot plegat. En aquest instant precís és quan neix la radiació de fons: la matèria es desacobla de la radiació i tens fotons lliures que fugen, els primers fotons lliures: la primera informació que tenim.

—N'hi ha, de radiació de fons, entre tu i jo, posem per cas? —pregunto jo.

—De radiació de fons n'hi ha per tot arreu. Són fotons a 3 K, a una densitat molt petita. Has de mirar amb radiotelescopis un bon tros de cel per poder-ne mesurar una mica perquè és molt tènue. La principal característica és que és per tot arreu, això és el que va al·lucinar els científics i els va fer trencar el cap pensant quina podia ser la font.

—Ens podríem posar metafòrics i dir que és com un gran llibre d'història, és a dir, que quan tu fas anàlisis espectrogràfiques de la radiació de fons, vas a buscar els grans perquès de l'Univers?

—La radiació de fons no és homogènia...

—Homogènia? No et segueixo.

—Deixa'm que continuï. La radiació de fons no és homogènia i les variacions de densitat són les que donen la informació.

—Expliquen coses?

—Ho expliquen tot. Tota la formació des d'aquell moment. Si trobes una zona amb més densitat de fotons actualment, vol dir que anteriorment també n'hi havia. L'estructura de l'Univers es traça amb això.

—És com el sudari de Crist? Com un mapa, com una empremta?

—Quan ho mires a gran escala ho veus tot uniforme però si t'hi fixes, no ho és. El que dóna la radiació de fons és una empremta del que hi havia a tot l'Univers, matèria inclosa, perquè com que es va separar de la matèria en un cert moment, en aquell instant t'està dient exactament on era la matèria, tota, la fosca, la visible, totes les estructures. La radiació de fons t'ensenya les fluctuacions primordials, que no saps on arriben. El que pots saber és que no és un punt que s'expandeix i és tot igual, hi havia d'haver alguna cosa a dins que era intrínsecament diferent del que tenia al costat, perquè això, en expandir-se, en refredar-se i separar-se la radiació, és el que t'ha mostrat que no era tot igual. El que passa és que no s'entén el perquè de la diferència. Això és l'espectre primordial, que alguns relacionen amb... Amb el que sigui: no divagarem sobre Déu, ara.

—La massa fosca quin paper hi juga, en tot plegat?

—Al començament la massa era tota igual. La quantitat de massa fosca és molt superior a la visible. 82% per 18%.

—La seva existència és hipotètica o provada?

—No, s'ha demostrat de diverses maneres. Però la massa fosca no ocasiona cap problema. És, simplement, massa que no desprèn llum. L'energia fosca és un altre tema, geomètric, matemàtic, del camp de les elucubracions. Se'n diu energia del buit —per posar-li una etiqueta—. Se'n sap molt poc. No s'estudia en el moment de la radiació de fons perquè la seva densitat era massa baixa, llavors. És un factor geomètric, de buit, que creix. I s'ha començat a veure quan els altres factors han començat a decaure. Per què l'Univers s'està accelerant si no hi ha cap força que l'empenyi?

—Ara ho veig, confonia la massa fosca per l'energia fosca. Per això et parlava de la necessitat axiomàtica de l'existència d'una força...

—Sí, és molt axiomàtic. Van agafar les equacions d'Einstein, que va dir «mira, aquí tinc una constant que fa que l'Univers sigui estable», però va arribar Hubble, que va dir «aquí hi ha un *redshift* (efecte Doppler) i això s'està accelerant» (un «desplaçament cap al roig» és la distorsió de l'espectre d'ones que causa un cos en acceleració). Aquest descobriment, el de l'Univers que s'accelera, és un dels més grans de la història de la humanitat. Desvetlla una força, que, si fas números, representa el 99,9 % de tota l'energia que hi ha, que està en tot i que no saps d'on ve ni on és ni què és.

—Les implicacions?

—A grandíssima escala acabarem tots freds. Tots molt lluny els uns dels altres.

—I què?

—Abans alguns pensaven en el *big crunch*, el gran col·lapse, el tirar enrere, la condensació de l'Univers, un Big Bang a l'inrevés.

—Però per què, si la gravetat no hi jugarà cap paper?

—No ho sabien, això.

—La gravetat és una de les forces més fluixes de l'Univers, comparada amb la que regula les relacions al nucli dels àtoms, oi?

—Sí, res a veure amb la del nucli, que és la més forta. Aquesta té una forma molt estranya de potencial. Els elements del nucli no es poden tocar per principis d'exclusió, però si els vols separar una mica més d'aquest mínim de proximitat, és gairebé impossible.

—Tornant al concepte de radiació de fons...

—Havíem quedat en quin paper hi juga la massa fosca. Doncs és molt senzill. El paper que hi juga és que, quan se separen, la massa visible segueix els camins de la massa fosca, perquè gravitacionalment és molt més poderosa perquè n'hi ha molta més. Aquest és el seu paper cosmològic. [...] La radiació de fons és equiparable al més gran viatge en el temps que puguis fer. Més enllà no en pots saber res. És el límit. És l'Univers observable, la radiació de fons. La grandària màxima de l'Univers és la radiació de fons. No pots anar més enllà perquè no hi ha llum. No és observable.

—Però hi ha alguna cosa?

—No ho sabem, no ho podem saber. Més enllà d'això s'hi ha d'anar pel pont de la teoria. Els 10 a la menys 147 segons. El temps de Planck. És quan tot estava tan junt que —no sé si és pel mateix principi d'incertesa de Heisenberg aplicat a un camp quàntic— contenia totes les possibilitats. És un límit de temps i energia. [...]

—Què me'n pots dir, de l'accelerador de partícules?

—L'accelerador de partícules està més encaminat a trobar l'origen del que pot ser la massa fosca. Partícules amb una certa energia que tu no veus. El bosó de Higgs, per exemple.

—L'LHC —Large Hadron Collider—, com funciona? Es disparen electrons?

—No, també es poden disparar barions, protons, però és molt més difícil.

—Com isoles una partícula?

—Amb camps magnètics.

—I com la dispares?

—També amb camps magnètics. Crees una diferència de potencial...

—Com amb el corrent normal.

—...sí, la llum és una diferència de potencial donada i en l'LHC es va incrementant amb anells acceleradors formats per camps magnètics, que van renovant i fent créixer l'impuls de la partícula. To-to-to-tó. Després de la col·lisió s'estudien quines partícules secundàries han aparegut i així es rastregen els components de la matèria i es pot entendre com està formada.

—Resumint: si l'estudi de la radiació de fons és un viatge en el temps per entendre l'estructura de l'Univers, un LHC és un viatge cap a l'interior de la matèria per entendre com estan fetes les coses.

—Sí, però es toquen. La física de partícules i la cosmologia han de treballar juntes.

—Ja s'ha fet el primer experiment a l'LHC?

—No, van tenir un problema amb un transformador. I també amb aquells sonats de Hawaii, que deien que es crearien forats negres.

—Quina és la probabilitat que això passi?

—No, si ja se'n creen, de forats negres. Però s'evaporen. Estem constantment bombardejats per partícules ultraenergètiques que ens arriben a l'atmosfera, raigs còsmics que xoquen amb altres partícules i allà ja es podrien crear forats negres que engolissin la Humanitat. Però això no passa, perquè s'evaporen, perquè són micro, són una espècie d'entelèquia formal.

—Quines són les hipòtesis que esperen ser provades en l'LHC?

—La corroboració de l'existència de certes partícules que en la teoria ja han estat formulades. El més important és estudiar la massa fosca. Les implicacions es desconeixen. Interactua molt poc. Crea un camp gravitatori però no xoca gaire.

—De la teoria del caos, què me'n pots dir?

—La teoria del caos és l'apoteosi de la teoria determinística. Per una banda, hi ha el que no es pot mesurar i, per l'altra, el que no és mesurable. El primer es pot interpretar com a caos, com a límit cognoscitiu. No en puc predir les conseqüències perquè no en tinc la capacitat. Són fenòmens no lineals amb pertorbacions. La mecànica quàntica parla de la impossibilitat de la certesa en la mesura i per això és una ciència probabilística —estadística—. Heisenberg va postular el seu famós principi de la incertesa en aquest sentit: no es pot saber amb exactitud la posició i, alhora, la velocitat d'un electró perquè la mateixa observació modifica l'objecte estudiat —és a dir, en aquest cas, en il·luminar l'objecte d'estudi, l'electró, el bombardeges amb llum, fotons, que l'exciten i el fan canviar de posició i de velocitat. Així, doncs, la mecànica quàntica és funcional, és a dir, operativa —i molt—, però també molt antiintuïtiva perquè es basa en les probabilitats i no en les certeses. Entrem en un camp molt teòric, molt abstracte. El món subatòmic es comporta d'una manera molt poc semblant al nostre món.

—I el salt quàntic? (*arriba un plat de croquetes*)

—Una partícula, o el teu cos, té una probabilitat d'estar en un altre lloc, de relacionar-se amb l'espai-temps i la matèria de maneres quasi inconcebibles. En el teu cas, la física clàssica et diria que tu estàs aquí i ja està —i és el que és cert, perquè el teu món és macroscòpic i funciona així— però en el de les partícules és tota una altra cosa. Si tu introdueixes la probabilitat... El gran tema és que en tens moltes —i quan dic moltes vull dir un nombre elevadíssim de partícules— i, per tant, la probabilitat més baixa, la que podria dir que un electró teu ara mateix estigui a Cornudella de Montsant, s'infla de certesa.

—És molt important tot això que dius. Hi ha un canvi radical de paradigma, un gir copernicà en l'estudi i la concepció de la realitat. Hem passat d'estudiar el que hi ha a entrar en camp d'estudi del possible, perquè la realitat ens desborda els esquemes explicatius de la física clàssica i hem d'eixamplar els horitzons de la teoria. No, més aviat, canviar-ne els fonaments. És el regne del possible, del pensable —que, de fet, també és el regne de la ficció.

—No tothom hi creu, en això.

—Has fet servir el verb *creure*?

—Sí, perquè és una mica de fe, d'opinió, de tendència. Demà sortirà el sol. Einstein deia que en aquest plantejament probabilístic —a partir dels models d'actuació a nivell quàntic, de física de partícules—, hom s'hi pot parar sempre, «mira és això», però fins que no fas un pas més enllà no pots distingir les diferències anteriors: tot era caos indistingible perquè no ho podies mesurar, ja que no ho coneixies. Són les variables ocultes. La probabilitat no pot ser intrínseca a la natura —és la famosa frase de «Déu no juga a daus», o sigui, la realitat no és una probabilitat, és una certesa—. El que passa és que no tens prou coneixement. Ho esbrinaràs després. No creia que l'Univers fos probabilístic, sinó que ens faltaven les eines. Aquesta és l'altra teoria.

—Més. Què és l'entropia?

—El nombre de microestats possibles.

—Com més microestats possibles, més desordre? L'entropia és caos?

—És complex, això. L'Univers, en la termodinàmica, s'entén com el que no estàs estudiant. És a dir, el medi fora de l'objecte d'estudi. L'entropia a l'Univers és sempre major o igual a zero, perquè si fos menor, seria impossible: no pot ser que no tinguis ni un estat. Almenys en tens un, i no pot ser negatiu.

—Tenint en compte que l'energia no desapareix sinó que es transforma, per què la segona llei de la termodinàmica diu que l'Univers tendeix a l'energia zero? Tenim ara la mateixa energia que al començament de l'Univers?

—En principi, sí.

—Però la termodinàmica diu que no.

—La termodinàmica i altres coses...

—Però on se'n va?

—On se'n va i d'on ve! Potser el concepte d'energia està mal entès i és difícil acotar-lo millor. De totes maneres la tendència a la mínima energia és una premissa.

—Doncs encara ho entenc menys. Me la podries explicar?

—No, les premisses no s'expliquen. Pots negar el contrari.

—Sí, bé, i això seria Gödel i la falsació, i és perillós anar per aquí, no? Un raonament per falsació del contrari...

—A veure, no. Per què hom tendeix a la mínima energia, això és aplicable a moltes coses, a fer el mínim necessari per a. Si tu vols aconseguir un objectiu —i *tu* entès com a ona— per què li has de donar més del necessari, per arribar a aquell objectiu?

—Sí, és clar...

—Bé, per acabar, creus que estem en un moment particularment interessant de la física? S'ha descobert alguna cosa que representi un canvi important en la nostra concepció de l'Univers? Alguna cosa que ens canviarà la vida?

—Sí, és clar. Per exemple, l'energia fosca. Res no podria ser menys grandiloqüent i espectacular —es dóna a tot l'Univers i des del principi dels temps— i és un descobriment de fa quinze anys. El procediment és similar al de fa cent anys. Tu veies les estrelles que cremaven i deies «com pot ser», i a partir d'aquí es va començar a investigar i al cap dels anys es va descobrir l'energia atòmica. És molt possible que amb els descobriments que es faran a l'LHC i amb l'estudi de la radiació de fons s'arribi a entendre l'energia fosca i a saber com servir-nos-en.

—Vols una altra croqueta?

—Sí, gràcies. Són molt bones.

—Les ha fetes en Jordi.

—Jordi (*cridant cap a l'altra punta de la casa*), boníssimes!

Hi ha peixos de colors en la radiació de fons?
(O: On és la massa fosca?)

Compte enrere u

Vull viure en un país 10fosc, tres o quatre hores de llum a tot estirar, una terra on no pugui gaudir de l'aire lliure i em vegi obligat a recloure'm, a enfrontar-me amb la foscor i emmirallar-m'hi les 9entranyes, també fosques, on alguna cosa s'amaga, em defuig, i no surt per por d'enlluernar-se, animal de sotabosc, màgic monstre llegendari de poders ignots. Calar-me 8foc per fer sortir les bèsties i, un cop domades, cavalcar-les i donar nom als meus erms socarrimats, com aquell qui, impetuós i 7debades, fa mapa d'un estel remot i congelat i no veu que cartografia l'esquena perfecta d'un miratge de diamant. Encara que hagi d'anar fins a l'última era, sempre cercaré la pols o l'aigua de sota, els signes 6nostres, i m'ompliran l'infern de l'armilla amb l'escalf d'un ram de metxes. La 5solitud i l'hostilitat em marcaran el camí a seguir, interior, de ben segur, i res no em facilitarà una sortida simple: aniré de dret al centre del meu abisme de metre seixanta-set, apamaré el revés de la meva història personal, aniré, acollonit, per les rutes no fressades, temorós d'aquella torrentera plena de brutícia a punt de cremar, reptant per aquelles pors i pudors que fan teranyina entre coll i fetge, entre orelles i genolls. M'enfocaré i 4buscaré els que volen 3néixer en mi. Faré de comare, i aixecaré una escola, una presó i un país per a tots ells. No hi haurà biblioteques: cap llibre. Tan bon punt algú escrigui alguna cosa, la vomitaré, i la bilis i les restes de menjar que no siguin capaços de pair, tot el que treguin xocats per la mort o sobreexcitats per l'alcohol, també ho 2transcriuré quall per quall, escopinada per escopinada i reguerot per reguerot, en corrua de lletres entenedores que expliquin fil per randa la història del conserge-príncep que manà enviar a l'exili tots els mestres, i com aquests fundaren el país que destruiria el planeta, o la de la celebèrrima parella de músics-franctiradors, que es mataren de llotja a llotja del Liceu, —i a ulls clucs!—, o l'explicació de 1l'origen del plat nacional i com va ser finalment acceptat pel president del país, que de petit l'odiava. En càmera obscura em faré eco de les pròpies altres veus, positivitzaré els termes deliri i esquizofrènia, i, amb la purga de la ventrilòquia, escanyaré la tènia de la creació. Pellgirat, apallissat, negre —de tinta, de blaus, de focs—, aquesta inquisició s'haurà convertit en marca i obra i podré abandonar l'exili.0

Compte enrere dos

Estic colgat en la radiació de fons. Immers, rebolcat, superat, capgirat, ofegat en la radiació de fons. Sense telescopi. El cos em vibra i m'assimila al misteri, em fa fora de mi. Em desvetlla. D'aquí tres segons obriré els ulls i us diré el que veig: tres, dos, un, ja està. Ser i no ser. 16 de desembre de 2008. Volia quedar-me fins l'endemà dijous, però hi ha algunes noses estúpides que em destorben l'estada. Ho faig saber al pare hostatger que, sense cap pregunta, m'ofereix un plat per dinar abans de l'hora establerta —patata i mongeta i un tall de peix— i m'acompanya a la porta. Mentre menjava m'ha explicat, una mica per sobre, la seva vida, com havia anat a raure al monestir després de tota una vida dedicada a l'ensenyament als Escolapis de Balmes i com creia que havia pres la decisió encertada en donar-se a la vida monacal. A les envistes de la carretera m'acomiado, allargant-li la mà, però ell s'avança i m'abraça —fort, una abraçada franca— mentre em diu: «Bona sort, Martí, i que siguis un bon home». Jo penso: «En què quedem? *Tú sabrás lo que haces* o que siguis un bon home?». Unes forces a favor i d'altres en contra i al mig un nyicris que intenta aguantar com pot l'estira-i-arronsa. **12 de desembre.** Vaig a peu d'Espluges cap a Poblet per una carretera costeruda que fa marrada. Cap cotxe s'atura per oferir-se a portar-me ni jo faig cap senyal en aquest vent gelat i impenitent. Sota la caputxa que em conserva les orelles, duc uns cascs on sona en Dylan cantant en català: el meu cor és a Prades, tendre i net / la mimosa explota a camp obert / ginestes pletòriques vora el Francolí / el meu cor és a Prades / quan em trobi bé hi faré camí / [...] La festa s'ha acabat / cada cop hi ha menys a dir / Tinc ulls nous, saps? / Tot sembla lluny, la fi. // Penso: sóc d'aquí. Recordo que en el viatge en tren, fa dies, amb el mar i la costa a mà esquerra, pensava en la rutina que impermeabilitza el món i anul·la qualsevol lliure albir i elecció, en l'hàbit recalcitrant que fa de la munió de possibilitats, portes, rutes, encreuaments i direccions un sol passadís cec que, exacte, et porta allà on vas cada dia sense excepció ni pèrdua ni cap altra emoció que la inèrcia i la desolació de viure automàticament. Arribo a Poblet i el pare hostatger, molt trempat, en assabentar-se que vinc a acabar un llibre i que la física hi té un paper important, em diu que el pare prior és físic i que precisament la seva tesi versa sobre la quàntica. El pare prior, en aquest instant, passa pel nostre costat i me'l presenta: és molt jove, trenta-set anys, i, per reblar les coincidències, estava estudiant a la gregoriana de Roma just quan jo estudiava comparada a la Sapienza. Sopem escudella i carn d'olla, una amanida amb formatge i codonyat per postres. Al refectori, la lletania i els gestos mínims per fer silenci; els grans blocs de pedra —suc dels segles— sostenen les voltes molt per damunt dels nostres caps deglutidors. A fora, el fred, [...]. Completes: al cor amb els monjos encaputxats i la tenebra, que no ho és gens perquè canten. La reverberació de les veus sosté la columnata: el ritus i la tradició són els més potents dels agents de la història de la humanitat. El temps no és lineal sinó agrumollat i múltiple i, en aquest cas, encapsulat, destil·lat, i servit amb parsimònia. Cal trencar l'ou per fer una truita: el silenci és molt més profund després del càntic, s'esculpeix, com les seves ànimes cada cop més transparents en llur servitud inacabable. La via del càntic i la de la pedra, una eternitat en companyia. Una germandat mil·lenària dedicada a la més humana de les virtuts: la passió. Què és la fe si no passió conreada? Beneït per l'abat, després de passar per sota la volta de les tombes dels reis catalans, travesso centúries i, en la vibració de l'inefable, veig, a mà esquerra, com la nit estelada il·lumina el claustre i en fa un afrau de llum. La campana major sona nou cops: el so que es forma —un harmònic potentíssim— podria atribuir-se per equivocació a una copa descomunal de cristall fregada per dits gegantins sucats en xampany. Sé que la imaginació dels homes és un estadi baix i, malgrat tot, aquesta és, potser, a l'única circumstància a la qual em conformo: fer un metre i seixanta-set. Amb la resta —amb l'amor,[1] amb el dolor,[2] amb la literatura, amb els fillsdeputa, amb el coneixement— m'hi vaig bre-

1. *Dilige, et quod vis fac*: «estima i fes el que vulguis». Sant Agustí d'Hipona.

2. «El dolor és inevitable; el patiment, una elecció». Jim Dodge.

gant. **11 de desembre. Documents: una carta.** *Dear* Lu: estic estirat en una roca al mig d'una clariana del bosc de la Llobera; el sol que crema no impedeix que em ragi el nas. Hi ha llocs que semblen fets a mida per a l'exili. Vallclara. Per què fugim, sempre? Què ens encalça, què fa que sempre estiguem pensant a marxar? La resposta, de tan òbvia, sembla mentida però és vera: la pròpia ombra. Com deien Led Zeppelin, *our shadows taller than our souls*. Les mosques m'han fet pensar en tu. A la Casamance n'hi ha sempre, però a la tardor gelada de la Conca de Barberà, mai! Amb tot, la mosca fa distret teclejar, el fa menys dens, més real. La moscarada perpètua enfilada al nas, el moviment etern d'espolsar-te-la, Monterroso [...]. Pregunta d'examen: quina relació té Alaplage amb Vallclara? Cap? Tot? Antagòniques? Tu? El sentiment de refugi o desemparament prové del lloc o de la persona i el moment? Pico una ametlla al peu de la creu, com s'ha de fer, i te la dedico. Ho has notat? // Les mosques em vénen com les paraules. La gràcia del llenguatge, de la bona literatura, oral o escrita, és com t'engalipa. Si no t'enganxa, fumut. La sorpresa de cada frase i els seus ritmes i la descoberta d'una paraula que no t'esperaves i el seu gustet. Girs entremaliats que et dauren la píndola i fan que salivis. Amb què, tant és. En tot cas, en el meu ídem, escric per veure-ho tot més clar.[3] // Vallclara és un poble

3. Les coses bàsiques: l'udol de l'òliba que marca els compassos al riu, un tall de lluna aureolada, els estels negres, els estels blancs i, a l'esquena, el refugi lluminós, la llar que espeternega i el trompetista que em poso perquè tot sigui més fàcil i bonic. Les coses, pel seu nom: clares i distintes. El meu pensament, pel seu caos: abigarrat i confús. Així, en una cantonada del quadrilàter tenim, amb un pes de milions de tones i un batí morat, els brins específics i ben cisellats de la realitat; a l'altra banda, amb un pes negligible i en calçotets plens de llepets, les divagacions circulars i digressives dels meus neurotransmissors, botits de tanta brutícia acumulada. Duc un ull a la virulé, tinc tres costelles trencades i amb la punta de la llengua em busco, entre saliva rosada, un tros de dent migpartida: és la pallissa de la realitat. // Em cal una mà de neteja, un raig de salfumant, que fulmini i esclareixi. Que m'assimili al món clar que m'envolta. Escriure necrològiques. El món clar és al que fujo. El cel de Barcelona és com el teixit difós dels meus monòlegs interiors, d'un color i gruix indeterminats. La identitat que s'estableix entre la ciutat i jo és total: som la mateixa merda caòtica que es dissol, per la banda del real, en agafar el tren Catalunya endins. // Fa sis hores, un tren regional sota núvols lents. Al vagó: un que fuig, una que es rasca i dos que reviuen, callats, la darrera discussió. La revisora passa i em pregunta, insòlita: «Ja hi eres, abans, oi?» Fa tres hores, a la casa hi ha llenya però no hi ha llumins. Escorcoll infructuós, telèfons que comuniquen, encenedors sense gas i el fred que comença a entumir. El sistema elèctric d'encesa dels fogons i un clínex m'estalvien d'entortolligar-me amb una manta mentre faig flexions sense parar per no congelar-me. El foc, la cura del foc, em porta al darrer foc, i al primer de tots. // A la meva imaginació —al meu desori infecte— li administro cada vespre

de solitaris. Mentre camino pel Pla de la Creu —*thought he was James Dean just for a day... and the choir girls sing du-durú, dud-dud-durú*—, tan preciós que m'hi haig d'aturar a cada passa per contemplar-lo, no puc deixar de pensar en la figura solitària i estrambòtica que dibuixo enfilant-me per les roques —ulleres de sol, despentinat, jaqueta de cuir, pinta de rocker de pa sucat amb oli— i l'efecte semblant que devia causar el meu oncle escardalenc, capficat pensant cançons entre ametllers. Jo tinc cinc anys menys que ell llavors. Tots dos, carregats de raons i punyetes, sols a l'exili vallclarí. [...] Han obert una tenda de queviures al costat de l'església. Després d'encarregar coca de recapte per demà, hi vaig a comprar un tros de formatge, un enciam i un fuet. La dona —baixeta, rabassuda i tenyida de ros— és molt simpàtica, però quan riu —

unes pàgines de Pla. L'efecte és immediat: la boira desapareix i el verb s'afua, la frase s'estilitza i tot llisca fi. Així, com un miracle amb comptagotes, la prosa es fa cristal·lina a mans d'un exaltat. // També em passa que quan escolto *Kinky Reggae* i *Concrete Jungle* de Marley no puc deixar de pensar en Koltès. Eren les seves *chansons de drague*, les que es posava abans d'anar a lligar pels molls de Nova York o pels afores de Santiago de Xile. També deia que ell no se sentia de cap país ni ciutat, però que quan algú posava Bob Marley, fos on fos, allò era casa seva.

com un conill— fa mitja por. Al fons de la botiga té un menjador minúscul que em fa somniar en la possibilitat d'un cafè de màquina, amb un glop negre que em deixi el paladar amarg i el cor a cent. Sí. Sort? Què és això? Sec sota un televisor —eleccions nord-americanes, què si no. Tot d'una entren vuit o deu currants a esmorzar l'entrepà i la mitjana de rigor. La saleta queda completament ocupada a l'instant: amb tant d'espai que hi ha al cel, diu un. La meitat —els capatassos— són de la comarca. Els altres són estrangers, un marroquí i tres de l'est. El marroquí és cepat i sense coll, com m'agraden. Me'l miro de reüll. No em fa ni cas, però demà hi tornaré. El desig, la pastanaga davant dels morros. // Carrer Major número 18, fa l'olor exacta de l'estiu del 92: la humitat de segles de l'escala fosca i del menjador obagós on mai no tocava ni un raig de sol. La Parada, també: estesa de fulles de plataner que trepitjo i ensumo pel nas del cervell —l'òrgan més important pel que fa a la memòria—. És divertit, perquè, així com la memòria ens minva, el nas i les orelles, són cartílags que mai no paren de créixer. // Últim dia. Avui pugen en Gonzi i companyia i el Jordi també, de sorpresa. Torna a fer un sol que esberla les pedres. Quan m'he llevat no hi havia corrent. La Cristina de la tenda de queviures m'ha dit que era un tall programat. Al cap de poc ja n'hi havia. Ahir vaig passar, mentre el sol es ponia rere la Llobera, pel meu adorat Pla de la Creu. La llum hi tocava de cantó i era quasi paradisíac —una pau—. Els peus se m'enfonsaven al fang vermell. Travessava camps d'oliveres cap enlloc. Vaig veure petjades de senglar i les vaig seguir. Els marges plens de caus de guineus. El sol s'anava ponent, però encara quedaven, a l'horitzó, dos núvols molt grans i blancs. Si mires enllà veus els Pirineus nevats i, una mica abans, una escampadissa de molins de vent gegantins. De nit els corona un punt vermell que fa basarda. A la nit sopo i veig una pel·lícula. *A night in the opera* el primer dia, *Casablanca*[4] el segon, *The Fearless Vampire Killers* de Polanski amb l'encara viva Sharon Tate el tercer —aquesta pel·lícula sempre em fa pensar amb l'Uri Caballero—. També llegeixo: el *Nabí* de Carner i

4. M'emociona i, de cop, entenc per què durant tant de temps Amèrica del Nord va ser un símbol de la llibertat. Parlo dels Estats Units de la primera meitat del segle XX, sobretot. Aquests clics epistemològics són imprevisibles i fantàstics: com una drecera cap al coneixement instantani. És estrany que m'emocioni una pel·lícula així? Em faig gran? L'apòstol Joël de Sant Joan Despí diu que preguntar-se si t'estàs fent gran és el que envelleix més de tot.

l'obra completa de Flann O'Brien, de qui he escrit un article llarg —ja te l'enviaré—, el *Pickwick* de Dickens i *Tala* de Bernhard. L'olor del caldo que faig omple la casa. El faig per a la família, que rebré amb sopes. La noia del forn i la Cristina m'han anat fent preguntes per saber qui era. Jo he respost amb la veritat —ni que no ho hagués fet: amb la cara pago— i ara ja saben qui sóc, on m'estic i què faig. I suposo que ja ho deuen haver fet saber a la resta del poble. Això és un poble d'estrelles, això és un poble de *stars*. Ahir al cel hi havia molts estels i una lluna llefaminosa que encegava. Aquí a Vallclara res no em distreu, la llar de foc em fa companyia i si vull canya, surto a fora i el fred i les oliveres me la donen. Com pots veure, estic com un raja. Apa, respon aviat, que només fa un mes que vaig tornar del Senegal i com l'enyoro, us. Uns *muerds* sota l'orella des de l'exili vallclarí. Se t'estim i se't *quier*. Lo Martí de cal Sales. **Segueixo cremant-me els ulls buscant els signes clau, els documents, els testimonis, les raons per entendre el funcionament i els mecanismes d'una estructura interna que xucla l'externa i viceversa. Si hi ha trama o tot és joc, si es tracta de pecat, culpa i redempció o d'una nova construcció de sentit. De vida. 6 de desembre** La literatura pot ser molt, molt perillosa. I no per a la societat, ni per als lectors, ni per als cònjuges, ni per als fills, mares, amics, amants, coneguts o saludats. No. Per al que l'escriu. Per la pròpia salut. Tu comença a escriure i el més probable és que acabis emborratxant-te cada vespre al bar de baix, fent el ploricó perquè no avances amb la novel·la, i al cap de cinc anys estaràs tirat en una cantonada i al cap de deu mort de cirrosi fulminant. Només cal veure la quasi infinita llista d'escriptors alcohòlics que hi ha en la història de la humanitat. I la veritat, no sé què ve abans, si l'alcohol o la lletra. Dels clàssics llatins, no se'n salva ni un. Només amb una xeringa de la sang de Rabelais ja n'hi hauria prou per empitofar tota l'Edat Mitjana. Els russos del XIX beuen en una altra divisió. I al segle XX en són tants que no sé per quin començar: Dylan Thomas?, Kavafis?, Bulgàkov?, Verlaine?, Wilde?, Apollinaire?, Brautigan?, Mishima?, Malcolm Lowry?, els beatniks?, Ferrater?, Gil de Biedma?, Miquel Bauçà?, Bukowski?, Pessoa?, Fante?, Casavella?, Joan Vinyoli? Doncs ara afegiu-ne un més a la llista, un de genial, d'esplèndid, a l'altura dels vostres ídols anteriors: Flann O'Brien. Ell és un dels nostres. Un cop va dir que *anybody who has the courage to raise his eyes and look sanely at the awful human condition... must realize finally that tiny periods of temporary release from intolerable suffering is the most that any individual has the right to expect.*[5] Potser no ha quedat prou clar. Potser cal que en posi un exemple. Som-hi: els editors de la revista *Envoy* li van demanar que escrigués un article sobre la posició de l'artista a Irlanda. Dit i fet. O'Brien explica que se'n va anar a l'Scotch House de Dublín per beure's una cervesa i pensar en el tema, i que abans que se li acudís res, un home de la barra se li va dirigir pel cognom i li va dir que s'estranyava de trobar-se una persona com ell bevent en un pub.[6] «On es pensa que hauria de

5. «Qualsevol que tingui el valor d'alçar la vista i mirar directament a l'horrible condició humana s'adonarà, finalment, que minúsculs períodes d'alliberament temporal d'aquest sofriment intolerable és el màxim que algú té el dret d'esperar.»

6. No puc escriure sobre aquest paio estant sobri. No sóc a casa meva, i no sé si aquí tenen mam. N'hi ha d'haver, perquè sempre que hi vinc després de sopar prenc una copa amb l'oncle. M'ha semblat veure ampolles al costat de les conserves de tomàquet, a l'armari de la paret de la llar de foc. Eureka: whisky, vi, Ricard, conyac... I a la nevera encara queden quintos! Seguim. Per què aquest poblet català envoltat de vinyes s'ha convertit en el lloc idoni per escriure sobre un escriptor irlandès alcohòlic mort fa cinquanta anys? Per què escric sobre ell? De vegades s'estableixen relacions i afinitats que van més enllà de la geografia, la vida, la mort i la llacuna estígia que

beure, si no? —va respondre el Flann—, en un hotel, pagant el triple?» «Ah, no —va dir el senyor—, no volia dir això. És que jo, cada cop que tinc ganes d'emborratxar-me, ho faig als vagons.» El senyor li va explicar que el seu pare tenia un pub i un magatzem prop de l'estació central de trens de Dublín, i que era l'encarregat de proveir els vagons restaurant de begudes i menges. Per fer-ho, tenia la clau que els obria i que el seu fill espavilat va copiar per al seu propi gaudi: en aquella època s'hi emborratxava un cop per setmana. Sempre feia igual: entrava d'amagat en un dels vagons, que solia estar en una via morta, agafava una ampolla de whisky, una gerra d'aigua i un got, i es tancava al lavabo. Aquests vagons s'acostumaven a enganxar a un tren unes quan-

les separa. Que potser hi ha, ara mateix, un sud-africà o una australiana escrivint sobre Foix? Estaria bé, això. Saltar-nos el determinisme i el darwinisme i apostar fort per una germandat imprevisible, inconcebible, una colla disseminada que juga, que funda i transita noves rutes d'intercanvi, que instrueix contrabandistes que mercadegen amb noves fruites prohibides que inciten a l'arrauxament i a la dissidència. Sol, perdut entre Lleida i Tarragona, a la falda de les muntanyes de Prades, escrivint sobre l'O'Brien... Què poden ajudar a consolidar, gestos com aquest? Quants quintos m'he begut? Per què l'O'Brien m'és molt més proper que molts companys d'escola o que alguns parents? Amb què ensopegues quan busseges sense rumb però cap a la fi en la radiació de fons?

tes hores i després a un altre i un altre fins a tornar a una via morta. «I quan dura una borratxera dins d'un vagó?», va preguntar en Flann. «Ui, això depèn de moltes coses —va dir—. Com pot veure, no duc rellotge. Li he explicat mai quan em vaig emborratxar en un túnel? No li ho havia explicat per la senzilla raó que mai no l'havia vist abans. Un cop vaig estar borratxo tres dies. Els fills de puta —els maquinistes— em van dur de l'encreuament de Liffey fins a Hazelhatch. Després em van arrossegar fins a Hartcourt Street. M'estava emborratxant de valent, però sempre vaig amb compte, pel bé de la meva salut, que una borratxera no duri més d'un dia i una nit. Sé que a fora és de nit quan es fa fosc. Si hi ha llum és de dia. M'entén?» «Crec que sí.» «Bé, doncs jo ja anava per la tercera ampolla quan van arribar uns altres maquinistes —era força fosc, devien ser les vuit— i no se'ls va acudir res millor que dur-me al túnel de Liffey, sota el Parc Phoenix, i deixar-m'hi. Com vostè sap, mai no duc rellotge. Si hi ha llum, és de dia. Si és fosc, és de nit. Allí m'estava jo, al túnel, obrint una ampolla rere l'altra a les fosques, pensant que aquella nit s'estava fent molt llarga, allí clavat, al túnel. Quasi estava llest per veure els raves créixer des de sota quan em van treure del túnel i em van dur a Kingsbridge. Vaig haver de quedar-me al llit una setmana. Aquesta va ser la primera i última vegada que em vaig emborratxar en un túnel.» «Graciós?», escriu en Flann. «Però no és aquesta la situació de l'artista a Irlanda? Assegut completament vestit, al lavabo d'un vagó ja tancat on ningú no té cap dret d'estar-s'hi, bevent-se amb ressentiment el whisky d'algú altre, mogut d'aquí cap allà per maquinistes anònims, i tot això mentre protegeix enquimerat la seva porta amb la senzilla paraula *ocupat*?» // Estic segur que el fet caldo d'en Flann es descollonaria en saber que quasi cinquanta anys després de la seva mort una sèrie de televisió —*Lost*— posaria de moda el seu llibre refusat per les editorials, *The Third Policeman*, i que en tres setmanes se'n vendrien 15.000 exemplars, la mateixa xifra que en els últims sis anys. És clar que també s'estiraria els cabells en saber que tres anys després de la seva mort es publicaria aquesta novel·la, que tantes penes li va donar, i amb un èxit immediat... La vida d'en Brian O'Nolan no va ser la festa que qualsevol brètol es podria imaginar. La realitat el deprimia i l'alcohol encara l'enfonsava més. I, malgrat tot, va ser capaç de destil·lar tot aquest pessimisme en una obra completament vital i clàssica —o sia, perdurable—. És realment espectacular com els seus llibres poden extreure tal quantitat de riallades de tan poca esperança. És company, en aquest sentit, de Gógol, Céline, Bernhard o *Happiness*, de Todd Solondz. De tant en tant escrivia coses així: «És ben conegut el cas d'un pobre alemany que li agradava molt el tres i que va fer de cada aspecte de la seva vida una qüestió de tríades. Un vespre va tornar a casa i va beure tres tasses de te amb tres terrossos de sucre a cadascuna, es va tallar la jugular tres cops amb una *gillette* i davant d'un retrat de la seva dona va intentar gesticular, amb mà moribunda, adéu-siau, adéu-siau, adéu-siau».[7] // És inútil buscar la causa concreta que genera un cert estat d'ànim vital o manera de veure la vida —o d'escriure—. N'hi ha moltes, i cap de completament satisfactòria. Reduir un caràcter o una obra sencera a una sola anècdota és una bestiesa. Dit això, aquí teniu la clau de volta per entendre el cervell girat d'aquest senyor irlandès que feia servir tants noms diferents i que ens fa riure tant. Diu el seu germà Kevin que, quan eren petits, un familiar els va explicar com un metge s'havia matat caient per les escales. El

7. Així s'acaba *At swim-two-birds*.

cas és particularment escabrós perquè el desgraciat no es va desnucar ni es va obrir el cap contra un graó. No. Va ser més complex, tot plegat. La seva caiguda va traçar una trajectòria absurdament exacta i improbable que va propulsar el doctor precisament contra l'únic clau que sobresortia de dalt d'una porta al final de l'escala, on va quedar mortalment trepanat. En Kevin recorda que al seu germà Brian li va fer tanta gràcia la història que la seva mare i la seva tia el van haver de castigar. Anthony Burgess deia que si no valorem l'obra de Flann O'Brien som uns imbècils que no ens mereixem tenir grans homes. Tota la raó. En Brian era un catòlic cínic complint condemna en un aterrador —i hilarant— univers maniqueu, amb la redempció a través de la sàtira com a única esperança. Com deia sobre el seu admirat Joyce, i perfectament aplicable a ell mateix: «...amb les riallades aconsegueix alleujar aquesta sensació de condemna eterna que és el catolicisme irlandès. L'humor de veritat necessita un sentiment semblant de fons: Rabelais era divertit, però el que ell fa cansa. Li falta tragèdia».[8] **Incidències**

8. «*Todo es terrible pero nada es serio, no hay demasiada esperanza pero todo es una especie de broma, nada es blanco y negro sino que todo es blanco y negro —como algunos gatos, se me ocurre ahora—.*» Francisco Casavella. Una vida sol cremar, amb flamara-

d'aquest capbussament: en la massa líquida que creen les preguntes primordials, la recerca impenitent, més que resoldre-les, les dissol. 24 de novembre. Porto un *tute* que no sé on sóc, tinc el cap com un timbal i no sé si m'he estavellat. El no-lloc tampoc hi ajuda. Vespreja i som a les portes d'un centre cívic de la Zona Franca. M'hi ha dut la Núria quasi de la mà, creuant tot de jardins públics entre tronats i misteriosos: no sabries dir si de darrere aquell arbust te'n sortirà un nan amb un esquellot màgic cap al castell d'iràs i no tornaràs o bé t'hi trobaràs algú inconscient sobre un bassal de sang. Uns quants xavals del barri fumen porros i ens miren encuriosits: l'Enric duu un co-

da total, esborronadora, tan sols una o dues vegades, i, mantes vegades, cap (són aquella munió de vides esmorteïdes que tentinegen, quasi fumeroles, vides que no han pres, com un misto remullat). Si es volgués —si es pretengués desaforadament— mantenir constant aquest alt crepitatge, aquesta potència extrema del foc i del cant, potser l'estret veïnatge de la vida amb la mort es desfaria, perquè és ingent l'energia necessària per fer durar el clímax tota una vida. És impossible domar l'explosió o pot viure algú en esclat permanent? Quin delme se li exigiria, quina penyora hauria de pagar? És possible o raonable —d'alguna manera—, ser mesurat en la desmesura? Què seria, exactament, això? Una gran brasa? Diuen que l'energia més forta de tot l'Univers és la que manté units els elements dels nuclis dels àtoms. Un dia algú va seure en un banc de la plaça del Raspall i al cap de poca estona se li va calar foc per dins, pel dret i pel revés de totes les seves cosetes de dintre. Si hi ha un lloc idoni per a la il·luminació, és, sens cap mena de dubte, el bar de sota casa.

palta, la Núria i jo fem cares i balls estranys, i la Montse és negra i té una envergadura que, embotida en una minifaldilla, crida l'atenció. Al recital hi vénen mitja dotzena de iaies del barri i els nostres amics Alba i Xavi. Amb la Núria fem un duo blaibonetià i felicià, l'Enric fot canya, com sempre, la Montse s'entrebanca i canta i sortim a buscar la primera terrassa amiga que hi hagi. Se'ns afegeixen el voraç Andreu i la Cristina. Al peu dels mastodòntics edificis de la Zona Franca hi creixen cadires vermelles i estelades, allí, entre bloc i bloc, on hi ha aquests espais extraterritorials, ni públics ni privats, ni de tothom ni de ningú. Com en la solitud dels camps de cotó. Ens infiltrem per un passatge a un d'aquests interiors i convencem els amos d'un bar de llatinoamericans que ens treguin una taula a fora. L'encerclem amb cadires i la poblem de quintos i més quintos que es van buidant entre crits, càntics i xerrameca imprevisible i amb tendència a la volada. Les figures gegantines de formigó que ens envolten ens acotxen i intimiden, ambigües. Sovint llambreguem a dreta i esquerra, perquè sabem que estem en fals i això ens excita. La Montse ens explica la seva vida: té vint-i-set anys, és de Nigèria i la van adoptar una parella benestant de l'Opus. La realitat imita la ficció per passar-li la mà per la cara. Quina cara, quina mà. El joc està perdut. D'adolescent es va descontrolar i encara segueix aquest impuls. Als vint-i-dos va tenir una filla i li va posar Lluna. El pare no en vol saber res. Ara està acabant d'estudiar Humanitats en una universitat de l'Opus. Diu que és molt religiosa. Beu més de pressa que jo i ja duu un pet considerable. Mentre s'alça de la cadira ens informa que és lesbiana però que li agraden els nois de divuit anys, i comença a cantar el *Perfect day* de Lou Reed, versió Antony and The Johnsons. És imperfecta, se li trenca la veu, i fins i tot desafina. Tothom l'escolta, encisat: dimecres a la nit, en un interior d'illa de la Zona Franca recòndita, una colla de pelegrins adora la Moreneta —que és com ella s'ha batejat fa una estona—. Tot pot ser santuari: només cal devoció. Passa una família sencera de molts integrants que sembla que vinguin d'un sopar o d'una alegre xerinola perquè van descamisats i lents, amb la calma de la celebració. Un dels nanos, que no deu aixecar quatre pams de terra, rasca una guitarra més gran que ell i el que deu ser el seu germà o cosí —van iguals i fan la mateixa cara: cabells despentinats ni llargs ni curts, marronosos, samarreta de *mercadillo* i una pinta d'espavilats, entremaliats i impertinents que els fa reis— s'inventa una melodia rumbera. Al cap de pocs minuts ja han entrat en un dels portals atrotinats i la música es va ensordint fins a desaparèixer. Tanquen el bar i creuem el parc abandonat i tenebrós perquè a l'altre cantó hi veiem una llum. Nens perduts, bosc nocturn, cap esperança, una trampa. És un bar regentat per xinesos. En una taula un paio molt seriós ens mira malament tota l'estona. Nosaltres ja estem molt engrescats i no parem de riure i xerrar fort i demanar més i més quintos. Al cap d'una estona, m'hi apropo —perquè la senyora d'aquest bar també ens diu que marxem, que ja tanca— i li dic al noi que ens mira malament i amb cara de males puces que per què no es mira el forat del cul, que segur que hi passen camions. Ho sentiu, quin brogit? És el túnel de Bracons! No. Li pregunto on podríem anar de festa per aquí. Al noi li canvia la cara —era malcarat perquè no tenia ningú amb qui parlar? aquella expressió dura era per protegir-se de qui-sap-lo?— i, molt amable, m'explica que l'únic lloc que podria estar obert a aquestes hores és el Martillo, però que no n'està segur, i m'indica la direcció. Immediatament torna a la seva postura anterior, marcant terreny, però ara li surt pitjor. Se li escapa la tendror per entre el bigoti i l'orella esquerra, un parpelleig fugaç. Enfilem carrer Foc i abans d'arribar-hi l'Alba es troba un conegut a la porta d'un local a rebentar. Hi entrem i diuen que només ens poden servir una última copa. Tots són de la Zona Franca i van contents i ens pregunten què collons hi fem, allà, si no és que venim al que ve tothom. No, no. Al Martillo? El bar del Rafa? Riuen. És a dues cantonades, aneu-hi, aneu-hi. Sortim, sempre amb el soroll de la persiana metàl·lica al darrere —com si ho deixéssim tot infectat i s'hagués d'imposar la quarantena; el passat immediat, tancat i barrat, no podem girar cua, ens foragiten i només ens deixen un camí: anem venuts— i fem cas. Molt a prop, en el silenci de ciment que regna al barri, veiem una construcció baixa —inaudit—, com un quiosc gran o un pàrquing petit. La porta i les finestres estan engalanades amb una tirallonga de llumetes de Nadal que fan pampallugues: verdes, grogues, vermelles, liles. Ens les mirem, girats, llarga estona. «Està tancat», ens diuen dos nois i una noia des de l'altra cantonada. «Ah», fem nosaltres. «Que voleu alguna cosa?», ens pregunten. La Núria s'hi apropa i xerra amb veu baixa amb ells. Gesticulen i murmuren. Nosaltres ens allunyem. La Montse s'eixarranca en un banc i comença a dir bajanades i a tirar els trastos a tothom que passa. Que és ningú. O sigui, a nosaltres. Em diu «vine, que et morrejaré». Jo li dic que no. Té unes mamelles descomunals. Em diu: «A mi mai ningú em diu que no, mai m'havien dit que no, vine immediatament». No li faig cas, xiulo i segueixo parlant amb l'Andreu. Torna la Núria i diu «marxem, més val que ens n'anem». Enriolats, baixem el carrer per anar a buscar el *nitbus*. Passa un taxi i la Núria l'atura i l'aprofita per entaforar-hi la Montse, que quasi no pot ni articular una paraula i segueix dient que vol més festa. Li dóna la direcció de casa seva i tanca la porta. Pel passeig de la Zona Franca som els amos del carrer, forasters i intrèpids. Amos perquè som els únics, forasters perquè venim de l'altra banda de la muntanya, i intrèpids perquè anem amb aquell atreviment que et dóna no pertànyer al lloc que trepitges. Caminem, capficats i feliços, de cada parell de peus quatre ombres llançades cap als quatre punts cardinals. Fanals taronges sota un cel lila, i, entremig, i per sota, grisor, fum i penombra. *¿Tú sabrás lo que haces?* Som el negatiu de la portada de *Los detectives salvajes*: no sabem què busquem ni sabem si el que ens mou és fugir.

És una operació quirúrgica. Una anàlisi de les perbocacions del passat distorsionat per la meva participació en uns fets dels quals no sé la importància ni les causes ni si van desencadenar res. 22 de novembre. Deixo el pot de maionesa al davant de la caixa enregistradora, blanc i impol·lut com un ídol. És un pot gran, el que m'havien demanat. Han cuinat amanida freda d'arròs per als italians. Es diuen The Ultra-Twist. Els altres sirles no han arribat, estic sol en un supermercat que he trobat obert per casualitat. Fa una nit fosca i catalana. Les marques de les venes s'estan curant però encara es veuen. Delaten, enganyen. Només les sé jo, perquè vaig enjerseiat. Ahir era a l'hospital i ara compro maionesa en un Sorli Discau de Sant Feliu de Codines per sopar amb uns italians que mai no he vist. Això de no saber el que t'espera l'endemà té el seu què: fa trempar. L'únic perill és l'acceleració, s'accelera com una mala cosa i els frens on paren. A la sala els italians estan descarregant el material, un sembla molt col·locat, els altres l'ajuden a moure's. Tothom va arribant, muntem, sopem, bevem i bevem, toquem i bevem, ens adonem que el que semblava col·locat és cec i que per això es recolzava en els altres, un d'ells va emmascarat i manipula un *theremin* i un *moog*. Amb el *theremin* —un instrument que es manipula a distància, modificant el camp magnètic de la seva antena amb una massa qualsevol com, posem per cas, una mà— als anys cinquanta es feien els sons del vol dels ovnis. El cantant i guitarrista invident fa uns solos espaterrants en una posició que ens estranya: mira (cap a) les cordes de la guitarra, com solen fer els guitarristes quan toquen per ajudar-se, amb la vista, a col·locar els dits. Fan una meravellosa versió de *Et trobaré a faltar*, dels Ascensors del Tretze, una versió llarguíssima, sinuosa, psicodèlica i bestial. Gairebé millor que l'original. L'endemà toquen a Bordieu. Ha sobrat molt de menjar i molta maionesa i amb la gana del que ve de farra l'endrapem tot tornant cap a Barcelona a la furgoneta del Jaume, escoltant, emocionats i borratxos, el Heatwave de la Martha Reeves i les Vandellas: *Whenever I'm with you / Something inside starts burning / and my heart's filled with fire / Stop this - it's got a hold on me / I said this ain't the way it's supposed to be / It's like a heatwave burning in my heart / I can't keep from crying / Tearing me apart.* **Enrere fins a on, m'aturaré en trobar què. Faig més profund el solc fins que l'arada rellisca, sanguinolenta. El dia abans.** «Heu dormit bé?», ens pregunta la infermera. Jo dic que sí, i l'altre també, i el de les ulleretes diu «jo no gaire, he tingut malsons, sentia veus...» La infermera —morena, jove, maca, es diu Mireia— li pregunta, mèdicament i humanament preocupada: «Veus? Com què? Què et deien?». El de les ulleres, galta-xuclat i pàl·lid, sua, nerviós, i dubta si dir-ho o no; diu «és igual, no ho sé, el que deien, no ho sentia bé». «Però a veure», segueix la infermera, «què vols dir que és igual? O ho saps o no, però no és igual, de cap manera. És important per a l'estudi, sabeu?» I ens mira, buscant l'aprovació, els testimonis. Fem que sí, que sí. «Fernando, vinga, sigues més precís i digues què senties, si podies entendre alguna cosa del que et deien les veus.» En Fernando retorça els coberts de plàstic del dinar, sembla que vulgui dir alguna cosa, però només punxa un tros de lluç arrebossat amb la forquilla i se'l menja. «Fernando, sisplau», diu la infermera. En Fernando mastega i mira el plat. Nosaltres li diem «vinga, Fernando, que no passa res, que no passarà res». El Fernando s'escura la gola i, finalment, sense alçar la vista del plat, diu, tranquil·lament, força fluix: «Deien: "Aixeca't i mata-la, acaba amb ella, és una mala puta, mata-la, mata-la"». Ens quedem de pasta de moniato. La infermera perd el color i mormola: «Mata a qui, a qui et deia que matessis?». El Fernando, com si ja s'hagués desbloquejat, respon ràpidament, quasi ferotge, i mirant-la als ulls: «A tu, Mireia, deia "mata la Mireia, no mereix viure, apunyala-la, esquartera-la, destrueix-la. Us està enverinant. Aixeca't i mata-la". Jo vaig aixecar-me i...» «I què?», quasi crida la Mireia. «Vaig aixecar-me, trastornat, i me'n vaig anar... a pixar, perquè tenia una pixera!». El plats tremolen dels cops de puny que fotem a la taula. La Mireia, encara tremolosa, prova de fer un mig somriure però no acabava de sortir-se'n. «Hòstia, Fernando», diu, «que *cabrón*». Diu: «Com et passes». I nosaltres seguim rient. «Bé, així que res, no?», segueix la infermera. «No, no, tranquil·la», diu, i quan es gira fa, amb veu de l'exorcista, «mata-la, mata-la», però ella ja ni es digna a girar-se, només toca l'ase i desapareix de la sala que ens fa de menjador. Ens acabem les restes del dinar merdós i comentem que els fàrmacs no ens han fet res, i que o ens han donat placebo a tots tres o la dosi era molt baixa. Millor, així puc treballar. Al món exterior, després de setmanes de pluges desfermades, fa un sol fabulós, tot brilla i sembla primavera, precisament quan més em caldria que tot fos gris i agrest i hostil, i el recer —que és l'únic de què puc gaudir, ara— la cosa més desitjada. Vaig arribar-hi de nit fa dos dies. La porta principal era tancada i no sabia per on entrar. Acabava de deixar enrere una gernació d'ocells invisibles que grallaven a mils sobre sis arbrots: gran por. La bellesa de les construccions gaudinianes no em podia ajudar perquè tampoc la veia —tot aquell conte de fades...—. Vaig fer una volta a l'edifici per trobar-ne una altra entrada i l'únic que vaig aconseguir veure va ser una mica de llum de fluorescent a baix d'una escala que duia al soterrani; cap indicació, ni Virgili ni res. Vaig entrar com un lladre i vaig espantar les dones de la neteja, que no s'esperaven que algú circulés per allí amb sigil·losa traïdoria —en realitat era cautela de gat—. Després de l'ensurt em van indicar l'ascensor i vaig pujar a la planta de sempre, on vaig ingressar a l'estudi. Llavors, i per un termini de tres dies, l'ordre del món es va establir de bell nou amb una altra melodia, molt més endreçada i higiènica que, darrerament, la de la meva vida. Pau, xeringues i electros; sang, catèters i orinals; bates blanques, silenci, anàlisis i llits regulables. Tot per un plat de llenties. **Un viatge en el temps, una pel·lícula misteriosa de lladres i serenos. Se m'apropen els peixos de colors i em**

temptegen: voldrien mossegar-me i apropiar-se de mi, com si ja fos un cadàver que flota. I del cert, què. Encara peso. Encara tiro. Encara puc enfonsar-me més. 12 de novembre. L'Ester ens fa un senyal perquè ens aturem. És el torn de la coral. Des del clot obagós on som no la veiem, només en sentim l'amalgama de veus cavernoses i aflautades. Canten cançons populars medievals. Tot és verd i la humitat i el fred se'ns mengen. Al damunt, entre la coral i nosaltres, una verge de Lourdes. Al davant, una cinquantena de persones assegudes en cadires de fusta, atentes al recital. Jo sóc en un altre planeta, amb el cap encallat a l'aeroport i el que m'ha dit el policia. Tot just fa tres hores, que, palplantat a la finestreta de duanes, me l'han fotut. El Jordi i el Guille han passat sense cap problema, tres segons per fer un cop d'ull al passaport i *avanti*. A mi el policia me l'ha agafat, m'ha mirat, ha tornat a mirar el passaport i ha començat a teclejar a l'ordinador. Mirava alternativament el passaport i la pantalla. Ha trigat quasi tres eterns minuts a tornar-me'l, i, sense mirar-me, m'ha dit: «*Tú sabrás lo que haces*». «*Tú sabrás lo que haces*», m'ha dit el fill de puta. Feia tard pel recital i no m'he aturat a respondre-li, a preguntar-li, per exemple, «però per què ho dius? No trafico amb res, no estic fitxat —que jo sàpiga—, no em dedico a les malvestats». No vaig poder respondre-li com cal, ja hi havia algú altre i m'esperava el Pol amb el cotxe a punt per anar cap al Parc Natural del Montnegre, cap a Olzinelles. L'Ester ens fa un altre gest: ara ens toca. Llegeixo un conte sobre un paio que es llança pel balcó, la Meritxell poemes relacionats amb la muntanya. En acabar el recital m'adono que estic descol·locadíssim, que vaig fent el que toca, però que haver-me despertat a les 4 del matí al delta del riu Casamance, haver volat fins a Barcelona des d'Àfrica, haver estat incriminat sense explicacions per un policia i haver fet un recital al mig del bosc amb la Coral Briançó i tot en menys de deu hores és un còctel que no controlo. Haig de descansar. La dona de l'Espar i Ticó, que estava entre el públic perquè allí a la vora hi tenen una gran casa, em reconeix de l'antic barri, de quan era petit, i jo recordo que quan tenia 12 anys vaig anar a tocar el clave a casa seva. Si li digués, si comentés a algú tot el que em passa pel cap —Brad Davis arrabassant llengües en presons turques, la pelleteria Sibèria, els *bolongs* d'ahir, bolets que pugnen per rebentar-me les conques dels ulls, la gorra bruta del Gener, un clavicèmbal sota l'escala, el fill enfiladís de la Txell, els pantalons vermells de l'Hac, la cançó del minyonet: «Qui vulgui campar pels boscos / matiner ha de ser / alegroi i bon minyó / per viaranys escabrosos / dia i nit anirà sense por / minyonet el cap ben dret / el braç ferm i lleugeret». Tot això, i el que ha de venir, i l'eco del *tú sabrás lo que haces*. Minyonet. **11 de novembre, vint-i-quatre hores abans**. Som al cementiri de Karabane, illa de la desembocadura del riu Casamance. Som al davant d'una tomba piramidal de roca negra envoltada d'una reixa amb punxes. «El 1867 el capità Aristides Protet va morir assassinat: el va travessar una fletxa enverinada disparada per un esclau ferrer a qui havia matat els dos fills davant seu. *La venganza es un plato que se sirve frito*. La tomba del capità té aquesta forma perquè està enterrat dret amb el seu gos negre. És la més important del cementiri de Karabane, que va ser la primera capital de Casamance. Karabane també va ser el gran centre d'esclavatge del sud del Senegal durant tres-cents anys; encara s'hi poden veure les ruïnes de les construccions on els tenien, enxubats, esperant el vaixell que els portaria a Goré i d'allí al Nou Món. «Els diola, l'ètnia que fa segles que viu en aquesta regió, som uns resistents nats: quan el capità *méchant* va matar impunement els fills d'aquell pobre ferrer, els meus avantpassats es van alçar com un sol home contra seu i li van fer la guerra per recuperar Karabane. Ni els francesos ni els portuguesos ni els de Dakar ens han pogut prendre mai la nostra terra: som l'única regió de l'Àfrica de l'oest que es manté rebel i orgullosa de les seves tradicions sense doblegar», conclou l'Emmanuelle Diatta, diola de soca-rel i cap minúscul. // La riba és immòbil i consecutiva. L'aigua que clenxinem amb la *pirogue* mostra gradacions tangents de velocitats relatives: de l'escuma veloç que ens esquitxa la cara fins a la quietud impertèrrita de sota els *palétuviers*. La *pirogue* té la proa aixecada; l'Ibrahim, a popa, duu el timó i controla el motor; nosaltres, encaterinats, callem. // A Elinkin veiem les grans *pirogues* on ens diuen que puja la gent que se'n va a Babilònia arriscant la pell. És un port pesquer important: hi ha una estació de Sants (d'*essence*, una benzinera), fabriquen *pirogues*, sargeixen xarxes, assequen i venen peix. Els *fromagers* i les palmeres s'aboquen al *bolong* com si volguessin abeurar-s'hi. Les cases les aixequen a base de petxines, sorra i ciment. De la cendra de les ostres en fan el tint per emblanquinar-les. Tot és a mà i tot s'aprofita; viure a la Casamance no és difícil:

cultives l'arròs al teu tros de terra i pesques al *bolong* o al mar —hi ha arròs i peix per a tothom i així ningú passa gana. // S'aixeca la samarreta i ens ensenya, a tocar del melic, un cinturó de cordill amb una boleta de cuir al mig. «Un gri-gri protegeix dels mals esperits. Te l'ha de donar un fetiller. N'hi ha de diverses menes, però no n'hi ha cap que doni sort. La sort és un bé natural i no se la pot forçar. Això que teniu al davant és un fetitxe —un baobab retorçat amb esquelets i ampolles entre les arrels enormes i boterudes—, un dels més importants de la zona. És el nostre equivalent a les vostres esglésies o mesquites, aquí venim a resar quan tenim algun problema. Cada fetitxe és regulat per un fetiller, que és qui se n'encarrega i qui té gran poder de decisió sobre la gent del poble. Aquest d'aquí té una característica especial, que és que escull ell mateix el seu fetiller mitjançant procediments màgics. Podeu fer fotos, si ho voleu», ens informa l'Emmanuelle Diatta, petit xerraire diola que ens ensenya els dominis del seu poble. // Dinem *ceebu jën* —el plat nacional: arròs amb peix, què, si no?— al Barracuda, un restaurant de Karabane. A la taula del costat, una parella d'espanyols; a l'antiga església dels missioners bretons, quatre catalanes; l'altra nit a la *soirée*, uns andalusos. Al Senegal, molts dels pocs turistes que vénen són de l'Estat espanyol, i no és perquè sí. Una important flota pesquera espanyola treballa a la costa senegalesa i quan hi ha relació comercial s'enforteixen els convenis de cooperació. Amb la cooperació, el comerç, l'asfalt —o ciment— i una mínima estabilitat política, arriba, a poc a poc, el turisme. I ja som al cap del camí. // L'any 1960, amb la independència, es van socialitzar totes les terres i van passar a mans de l'Estat. L'Estat, al Senegal, vol dir Dakar. La maniobra va posar en escac tot Casamance, una regió independent històricament i assimilada a les colònies franceses després del Tractat de Versalles, i que d'aquesta manera passava a dependre absolutament del dictat de la llunyana capital. Durant vint anys la regió va ser manipulada a tort i a dret, i els seus habitants, perplexos, vivien descol·locats mentre la mosca anava pujant al nas i s'hi feia forta i cada cop més molesta. Després, va venir la guerra civil. // Quan es cull el vi de palma —el *bunuk*— al dematí és molt dolç; és aquest mateix sucre el que, al vespre, fermentat, donarà graduació a la beguda. El *bunuk*, blanquinós com l'aigua amb sal, té una olor forta i, per al llec, desagradable, agra, pneumàtica, però el seu gust és bo, insòlit, i baixa bé. Ens en prenem uns tragos sota l'ombra d'uns *manguiers* al bell mig d'una illa molt petita i sense nom. Allí hi viuen dos germans amb les seves dues dones, la canalla i ningú més. Van heretar el terreny del seu pare i s'hi van establir fa uns quants anys. El petit, mínim, poble on viuen —un parell de cases i un parell més d'edificis per guardar-hi estris i menjar— és, per necessitat i incomunicació, exactament com un poblat diola de fa cinquanta o cent anys: no hi ha aigua corrent ni electricitat ni cap bé modern. L'aigua la treuen del pou i les cases estan construïdes segons la tècnica antiga de trenar fulles de bambú per fer les parets i feixos de palla per als sostres. El senyor que ens dóna el *bunuk* té una cara ampla i riallera i parla molt poc, quasi gens, de francès. Travessem quatre grans camps d'arròs a punt per recol·lectar, pugem a la *pirogue* i seguim el nostre camí, la nostra època. // Rebo un missatge de la meva germana felicitant-me. Se'm fa curiós passar el dia del meu sant lliscant per la superfície d'un braç d'aigua de mar que s'endinsa pel delta del riu Casamance, al sud del Senegal, a l'Àfrica de l'Oest, amb la gorra calada perquè el sol no em destrossi, com un Humphrey Bogart agitanat, o com un Aguirre (Kinsky) clar-i-català que acata, feliç com un tornavís, la còlera de déu. // Benpeixats, *enceebujënats*, tornem. El sol pica. Els meandres sinuosos i la sonsònia del motor ens fixen la ment en un sol punt extàtic. Cadascú, sense comentar-ho, conclou que, arribat el moment, també faria volar pels aires qualsevol fragata nazi: seria el més natural —també, si fes falta, només si fes falta, beuríem gintònics sense parar per combatre la malària. L'Ibrahim minora, amatent i sol·lícit, quan un de nosaltres vol encendre's un cigarro —el vent no ens ho permetria—. Després d'una estona difícilment quantificable —moviment constant, llum eterna— l'Emmanuel ens assenyala una prominència verda de dos metres que surt de l'aigua amb forma triangular, un iceberg de vegetació desfermada. Sembla una perruca, de tan atapeïda; una perruca esponjosa i volàtil, enfarinada de caps blancs i ales que sobresurten de les branques dels *palétuviers*: l'illa dels *oiseaux*. Veiem els cormorans i els pelicans que acaben d'arribar del nord —de les nostres costes, de fet—. Potser ens els havíem creuat abans. Ocells i persones pugem i baixem pel món i sembla que a aquestes illes hi ha alguns dels ports de sortida i arribada. L'únic que ens diferencia als que ens movem és que alguns tenim la possibilitat de moure'ns lliurement —els occidentals, els ocells— i altres —tres quartes parts del món— no. // **7 de novembre.** Vivim damunt la sorra, dins d'un dònut, a la vora del mar. Mengem arròs —som en un delta— i l'arbre que és el centre del poble és tan gruixut que fan falta trenta persones per abraçar-lo. Som al continent més vell de la terra. Els gats saben pujar i baixar dels arbres. // La carretera principal de Gàmbia és com un carrer major d'extraradi més llarg que un dia sense pa, un contínuum de *bidonvilles*. La recorrem amunt i avall perquè busquem una botiga de peces d'automòbil; localitzada la tenda, ara *il faut patienter* per trobar la peça adequada: esperem inserits en una cantonada —jo ja no duc rellotge ni mòbil, però l'endemà em diuen que vam estar-nos-hi tres hores—. Més tard, amb la feina feta, ens cau un xàfec al damunt —gotes grosses com gots d'aigua— que refresca l'aire. És l'últim xàfec de l'*hivernage*, l'època de pluges. En baixar cap a la frontera, el paisatge i les construccions van canviant fins a arribar a Casamance, on tot és molt més verd —i de molts més verds— i exuberant, i tot és, també, més al seu lloc i menys plasticós. L'aigua —els braços de l'aigua, els *bolongs*— fa la seva aparició i notem el delta: viure sobre l'aigua dóna tot un altre ressò a les pròpies passes. Una mosca accelerada se'm posa a la punta del bolígraf. Dos ocells de la CNT —una CNT molt més lluent— es passegen fent saltirons per les puntes pelades d'un arbrot sec. Es diuen *aiangabusús* —*aianga* vol dir vermell; també vol dir llegir— o *gonoleks*. El dia és rúfol i diuen que és degut a un vent que ve del desert —el *harmatan*— i que deixa un escampall de sorra en suspensió entre sol i cel. El mar ja fa estona que ha començat el quart moviment —*andabile*, diu el programa de mà—. Arriben la Julvert (nom espectacular) i la Madeleine (ulls espectaculars). // El moll de l'os d'aquest lloc té dues parts: la relació amb l'entorn (l'espai) i la relació amb el temps. A la primera li podríem dir «eliminar mitjancers» o bé «deixa't d'hòsties» i la segona «assaig de l'eternitat» o «avorrir-se és d'estúpids». // Ahir vam anar al poble de nit. Com sota el bosc lacti. Com el secret de Monkey Island. Sopem en un bar que té una bombeta vermella i una de blava. Mengem carn de porc espí i de daina. Tornem cap a casa; dret a la caixa del cotxe controlo de cua d'ull els sots de la carretera mentre admiro el gran colador celestial. // Viure amb els peus a la sorra. Viure en comunitat (sempre som, com a mínim, vuit a taula). Viure amb vuit gossos, tres gats, innumerables insectes, cinc ratpenats i un forat al mig de casa des d'on es veuen quasi tots els estels —sobretot Orió i les Plèiades: les tenim clissades—. // La posta de sol d'ahir, funció d'esma: tots els elements que calen, però poca emoció i gens de devoció. El mar, per exemple, ni argentat ni blanc, ni negre ni gris: d'un color brut, com de merda d'oca. Avui, molt espectacular: un ús exemplar dels núvols; gran coherència cromàtica en la superfície del mar; els espiadimonis entren a tempo i les cigales, atentes, acompanyen el crescendo final. El sol mostra, dins la seva esfera, una gradació en quatre parts dels seus colors —això no passa cada dia i és de remarcar—. // A Alaplage hi ha tres espais màgics: l'*impluvium* —el recer, el gran dònut neuràlgic i regenerador, l'habitacle, la pau a l'ull de l'huracà—; el bosc de *filaos* —encantat interludi etern i món a part— i l'oceà —el nostre pati de casa particular, la nostra orquestra. La conjunció d'aquests tres espais màgics —que de per si sols ja valdrien el viatge de 5.500 km— crea un paradís idíl·lic que atrapa el més noruec. Per si no n'hi hagués prou, el poble, o bé, la plaça major del poble i el seu *fromager* mil·lenari i el seu *bareto* perfecte —llum en la foscor i cervesa freda. // El problema de l'Àfrica —sentencien dos savis *tubabs* (blancs) que passaven un dia pel campament— és el plàstic. «Molesta, oi, al bell mig de la postal?», respon la Lulu. «És que l'Àfrica és molt dura, no us ho havien dit?» // Hi ha una clara relació —el perquè no l'acabem de copsar— entre el kungfu, Àfrica i Koltès. // Al Senegal els recursos naturals i el poder estan a molta distància: això crea un desequilibri que va desembocar en una guerra civil de 20 anys, del 1981 al 2001 (el 1981 es va fer la primera gran manifestació a Casamance, amb intervenció assassina de l'exèrcit; el 2001 es va enfonsar un vaixell, el *Diola*, que feia la ruta Ziguinchor-Dakar, i hi van morir 1.500 persones —el naufragi també va enfonsar la regió—. Ara hi ha una pau de poble aplacat, la violència desterrada per les dues bandes de pur desgast. // Poder observar cada detall, cada matís, cada variació en l'espai-temps. Només mirar, parar atenció. No intervenir, no destacar, confondre's amb el paisatge. Aturat, atent, silenciós, conèixer. (Com si duguessis sorra dins, quan t'aboques molt cap enfora et vas buidant. És un buit gustós, un desprendre's plaent i ben senzill: triar un lloc i mirar.) // Paisatge i fets de sis a set de la tarda sota els *filaos* —els *filaos*, *fil d'eau*, són uns arbres plantats pels francesos per fixar la sorra de la platja perquè no se l'endugui el mar; la seva gran característica és que són de la família dels pins i a les agulles que fan s'hi posa la rosada i s'hi crea un microclima fresc i agradable—. Darrere els *filaos* es pon el sol en un cel sense núvols. Va baixant al seu ritme i tenyeix els perfils de les coses d'un taronja aigualit que acabarà sent sanguinolent. Un espiadimonis toca amb el caparró d'agulla el llom de *La vida amarga* de Josep Pla. L'aigua s'argenta, els grills i les cigales s'esveren i per la platja passa un tractor; en direcció contrària dos xavals corren amb la velocitat, parsimònia i elegància de dos cérvols. Al fons, un bocí de *pirogue*. Sabem que passa el temps perquè el sol puja i baixa, i sabem el que és la bellesa perquè és bonic com ho fa i ens embadaleix mirar-ho. L'aigua s'emblanquina i la llum es marfon: és una posta plàcida, sense estridències, la sang no arriba a la mar, s'atura en l'ambre, es planta a l'anunci de Strepsils. Lleuger *sfumati* entre gris i lila arran de l'horitzó. Algun toc de verd en el blanc del mar. Damunt del sol, a punt de desaparèixer, una corona allargada, primer groguenca, després rosada. Res tremola. Els que corrien ara es banyen. Si mous el cap el so del mar fa un efecte Doppler molt divertit. Avui, si gires el cap fins a l'horitzontal, la posta és més xula, però poc reeixida —prometia massa—. // Els joves ho fan tot i són manats per qualsevol que sigui més gran que ells. Així, per recompensar el que fan tothora per la comunitat, quan acaben de recollir l'arròs —que és sagrat i només poden collir ells amb les mans—, una tasca esgotadora de molts dies inacabables, tenen un dia de vènia total per poder agafar tots els animals que vulguin, siguin de qui siguin, mentre no estiguin lligats. Porcs, gallines, cabres, vaques: per un dia, fan el gran tiberi i ningú protesta si li roben quinze pollastres, perquè els grans un dia van ser joves i van fer el mateix. // La disposició escenogràfica, avui, és elegant (per la composició) i evocadora (pels elements). Un gos negre, en segon pla, a mà esquerra, retallat contra el trencall escumós de les onades. En línia recta, cap a mà dreta però a prop del centre de visió, un enfilall de joves del poble que es banyen i riuen. Més al fons, quasi a l'aigua, dues vedelles passegen calmosament. El cel no està ennuvolat i, tanmateix, la llum arriba sense força —no desmenjadament, més aviat incapaç, impossibilitada—. Té un to pàl·lid, com de cera. L'aparició de nous personatges o elements a l'escena és coral i ininterrompuda: grups que es formen i es dissolen —la majoria, congregats sota el gran focus—: duets, trios, aparts... De sobte, un fenomen inesperat captiva la platea: el gran focus s'ovala estrambòticament mentre una lleugera destil·lació violàcia s'estén pertot. Llavors comença la immersió: toca la mar i, per un segon, l'ovalació canvia d'eix i sembla que es deformi cap avall —com fa un ou dur quan entra en una ampolla—. És cosa d'obrir i tancar d'ulls. Encabat, una franja molt subtil d'un verd clar s'escampa sobre el violeta i desapareix. En queda tal rastre a la retina que, un cop fosc, voldríem gratar el negre de la nit perquè estem convençuts que a sota hi trobaríem maragdes. // Un primer acte poc prometedor, un segon tremolós, un tercer esplèndid, ric, amb pes, inflat de figures —retòriques— panxudes i un final subtil i misteriós que et deixa amb ganes de més —aquell fil de roig a mà dreta, aquella llenca de groc a mitja alçada de l'altra banda, uns núvols agrumollats dalt de la testa i una barca sense amo, lenta, a la deriva, cap a l'horitzó. // **Es pot anar més enllà del primer dia? Finals d'octubre.** Anem d'una porta a l'altra a cop d'altaveu. Ens fan esperar més del compte. Ensopeguem amb la meva germana i els seus amics, que se'n van a l'altra punta del món. Fem fotos de la trobada. Fem bromes macabres —l'últim document, etc.—. Ells tenen sort i embarquen abans. Nosaltres seguim esperant, mig drets, mig asseguts, fent un cafè, mirant pels finestrals, observant els altres passatgers. Anuncien el nostre vol. Fem cua. Ensenyem els passaports. Recorrem el *finger*. Entrem a l'avió. Cadascú al seu seient, tot en ordre, el capità dóna les últimes instruccions, l'avió es mou cap a la pista que li correspon, s'atura un últim moment, engega motors encara aturat, els motors ja estan a plena potència, eixordadors, comencem a rodar, accelerem, accelerem, accelerem, s'aixeca el morro, s'aixequen les rodes del davant, uep, inclinació, força, ens enlairem: ja hi som. Volem. Comença el viatge.

El gran què

(Sobre la força de la gravetat)

Play with your fucking heart.
Bill Hicks

Un senyor i la seva dona passegen per Roma agafats de la mà. Ell és alt i esdentegat i ella molt guapa. Caminen despreocupats, sense pressa i disposats a aturar-se on els plagui: estan de vacances i no han de seguir cap ruta ni agenda. En un carrer de prop de l'estació de Termini, ell —que sempre té l'orella a punt— sent uns passos que s'acceleren, i, de cua d'ull, veu un marroquí jovenet, despentinat i malgirbat que va cap a ells. En un segon es gira per plantar-li cara —no es deixarà atracar, a aquestes alçades— i quan ja està a punt d'agafar-lo pel coll i sacsejar-lo, el presumpte marroquí li diu: «Francis! Què hi fas, a Roma!» Molts anys més tard em va dir que el que va fer que no em donés un cop de puny no va ser que em reconegués o el meu «Francis!», sinó que va veure que duia un llibre a la mà esquerra. Jo li vaig respondre «home, això tampoc no és tan estrany, no? Un carterista pot dur un llibre per dissimular». Ell em va dir: «No, no és que duguessis un llibre a la mà el que em va aturar, sinó quin llibre duies. Era un llibre en castellà, de Tusquets, de Henry Michaux, i, francament, sí que hauria estat força excepcional que un atracador marroquí de Roma llegís Michaux, i en castellà». A part del fart de riure que em vaig fer quan vaig entendre exactament què havia passat, vaig quedar-me profundament admirat de la seva memòria —jo, evidentment, no en tenia ni idea de quin llibre duia ni si en duia ni res...—. Com se'n podia recordar, d'un detall com aquell, de feia tant de temps?

Una nit d'aquella —seva— última tardor, davant del pas zebra de l'encreuament de Princesa amb Via Laietana, la Lulú, als seus peus, li corda les sabates entre rialles de tots tres. És el que fan els amics. Després comencen a creuar el carrer, però quan veuen que no els segueixo em diuen: «Ei Martins, què fas». Jo els dic que me'n vaig a dormir, que són les cinc i estic molt cansat. El Francis insisteix: «*Qué haremos sin ti, hombre*». I jo li dic: «Doncs passar-vos-ho de puta mare, com fins ara». Els faig una abraçada i me'n vaig, tossut, sense saber que seria l'últim cop que el veuria i que m'estava perdent la darrera oportunitat de passar una estona més amb ell. La Lulú, molt més sàvia, tot i la son, se'n va amb ell, perquè fa temps que va aprendre que tot és ara i res i que vés a saber què passarà l'endemà com per anar dient que no. Les lliçons més importants són hòsties.

Tres o quatre hores després del final de l'acció d'aquest llibre, acabat de tornar de Poblet, la tarda del 17 de desembre de 2008, una amiga em truca per dir-me que el Francis ha mort. Una informació molt senzilla, que es transmet molt de pressa. És aquest lapse abismal entre comprensió i assimilació el que acostuma a deixar la gent sense parla. A part, què podria dir? El que és curiós és com va, això de la impotència i el buit d'una mort, se salta totes les jerarquies: el que se suposa que has de sentir i el que acabes sentint pot ser molt diferent i pertorbador. Jo no havia anat a col·legi amb el Francis. Ni el coneixia de feia més de, posem, vuit anys. Ni coneixia la seva família, ni ens vèiem gaire sovint. I, no obstant, el sentiment de pèrdua és incommensurable. Potser perquè era un paio fora mida, únic, l'últim membre d'una raça d'un. Segurament —també—, perquè era un savi de collons, dels de tota la vida, com els bruixots de la tribu: tot ho coneixia i ho havia vist de prop. Era molt intel·ligent i encara més llest; sabia que sabia molt, i també sabia que el que sabia li ho havien ensenyat i per això ell també ensenyava, tothora, de vegades de la manera més evident, de vegades actuant de la manera més estrambòtica. I, per la seva banda, seguia aprenent, tot li era lliçó i tot jugava: el que li mostrava, expectant, un xitxarel·lo en un restaurant de Sant Antoni; el que es trobava per la nit llarga com un pou sense fons, per les seves barres brillants poblades d'éssers abissals i lluminosos —ell el més fosc i el més brillant de tots; el que pillava dels llibres i pel·lícules que s'empassava a dotzenes, espongiforme i mitòman com ningú—. Coneixia el gran què, el perquè de tot plegat. I, fugint, o escrivint, el perseguia, el trobava i no parava de perdre'l, com un càstig diví.

Hi ha una pregunta que torna i torna. És «i ara, què?». La pregunta de després de l'orgasme, la pregunta de després de la mort, la pregunta en llevar-se, la pregunta de després de l'èxit, la pregunta des del fons del pou: incontestable. També tornen, i queden, és clar, molts records i moltes paraules l'una rere l'altra, escrites amb un talent i una vitalitat aclaparadors. Al final, una sensació profunda: no és com si m'haguessin tallat una cama, més aviat és com si haguessin fet que qualsevol moment de felicitat que pugui tenir d'ara endavant es vegi minvat enormement per la seva absència.

Per combatre la sensació de despropòsit de la vida i tot plegat, aquest darrer text i la dedicatòria: per tornar a donar sentit a les coses. I que sigui ell, sempre sarcàstic, qui acabi aquest llibre amb un *e-mail* que em va enviar el 2006:

> Hola, Martí,
>
> De momento, me he leído el segundo «textículo» y, vaya, ahí sobra talento. A ver si me prestas un poco.
>
> ¿Te parece que mañana quedemos en el mercado de San Antonio a las 14.00?
>
> Resulta que a las 16.00 tengo que estar en casa sin falta.
>
> Venga, un abrazo. Si encuentro tu insignia de Prince Buster te la devuelvo.
>
> Me hice con ella del modo más filibustero.
>
> F.

Epíleg
Tricota que tricota

La mort duu calça curta i juga a pilota a la platja. La mort es diu Esteve. Té cinc germans: Isabel, Anna Maria, Maria Rosella i Oriol. Estiuegen a Tossa. Vaig rebre una postal de l'Esteve, l'altre dia, molt críptica. Citava els Beatles: la felicitat és una patata calenta. No sé si no sap gaire anglès o és que em pren el pèl. Dimarts passat a la meva cosina li va caure un test al cap. La morta és ta cosina. La mort està cosida. *A la gepa*. La duem enganxada com el gomet al quadre acabat de vendre, com el brodat groc de les Martins. No és la fi de res: és anar al supermercat, és beure't una cervesa, és alta i prima, de perfil i el perfil de tot, una possibilitat vestida per a l'ocasió, més alta encara, encara més prima i molt esmunyedissa, una parroquiana de cua d'ull. Patates fregides, amanida o arròs blanc: *l'acompanyament del bistec que ets*. El baix continu. I hi podem construir acords, al damunt, o fer *pogo*, o jugar al dodecafonisme, o partir-la en quatre per quatre i ballar *techno* tota la nit, empastillats —sant Simó el que més—. L'altre catxondo, sant Llorenç, fou màrtir: el van posar damunt d'una graella i el van rostir viu. Els torturadors li deien «què, ja n'has tingut prou?, te'n penedeixes?». Ell digué «crec que per l'altre cantó no estic gaire fet, em podríeu donar la volta, sisplau?». Estar viu és una impertinència, cap regal, un què. No el gran què. Els estimbats tot s'ho miren amb ulls rodons i es fan més preguntes que nosaltres, què et pensaves. I si li donem la mà i hi caminem abraçats, el cap a la seva espatlla? I si la convides a sopar, la presentes als amics i li fas l'amor? I si fas que t'estimi, que t'esculli per ganes i no per obligació? *Fer-ho bé, fer-ho bonic*. Fem-ho bonic. Tot. Els esbarzers ho saben, les flames també i si t'asseus a l'última fila de la classe i pares l'orella contra el pupitre, ho sentiràs. No és cap lletania, és un *hit*, un *single* que hi ha a totes les cases al costat del setrill, el sucre i la sal, al moble del menjador amb el

Thriller de Michael Jackson, els discs de Rocío Jurado, de Joan Manel Serrat i els totxos de Le Carré. Un clàssic. *Top* 40. Els millors caps de vendes, els millors distribuïdors, els millors compositors. La *coca-cola* i la bíblia empal·lideixen al seu costat, lívides d'enveja, prement els punys, clavant-se les ungles, fent-se sang: els falta classe. La mort és un tirabuixó a la patilla d'un integrista, la mort és el rínxol engominat de Little Richard, la mort són molts números, molts capipotes, moltes samarretes suades i una tona d'escridassats. *La mort no és cap gran dama*. La mort és un llevataps o una tauleta de nit: tria. (La postal de Vic, clavada al suro. El suro, de Cassà de la Selva. La revista, de paper de vidre.) Tothom la balla, tothom la dansa, amb més o menys ganes, amb més o menys coneixement —n'hi ha qui en té menys que una sargantana—. Els col·legues suïcides no la deixen tranquil·la. El suïcida major hi balla a la plaça, amb tot el neguit, amb tota la rauxa, i es descamisa amb ella, per ella. La mare la guarda al traster, la tieta hi pensa tothora i el nòvio menja hamburgueses d'amagat de tots, vius i morts. Els ocells no en saben res i piulen d'esma. I vas perdent punts, o guanyant-ne, i el còmput és el jersei i ui quan s'acabi la llana. Ui què. Uh? Eh! O ah...